ノベルアンソロジー◆婚約破棄編

ハッピーエンドは婚約破棄のおかげです

アンソロジー

Contents

この作品はフィクションです。
実際の人物・団体・事件などには関係ありません。

鈍感で無駄の嫌いな男と、その婚約者の話

林《りん》檎《ご》

ill. 椎《しい》名《な》咲《さ》月《つき》

ざくざくと土を掘り起こしていたティアナは、目当てのものを見つけて鍬《くわ》を傍らに置くと、今度は膝《ひざ》を突いて丁寧に手で土をかき分けていく。

やがて掘り起こしたのは、立派な蕪《かぶ》で。彼女はそれを抱えてにっこりと微笑《ほほえ》んだ。

「見て見て！　ロイド！　すごく可愛《かわい》い蕪！」

きっちりと二本の三つ編みに編んだ亜麻色の髪、日焼けしないように大振りの麦わら帽子に首の後ろにはタオルを被《かぶ》せた重装備。緑色の瞳《ひとみ》をキラキラと輝かせたティアナ・ブラックは、十七歳という年齢の割には幼い、お日様のような笑顔を浮かべた。

服装も厚手の長袖《ながそで》と柔らかい生地のスラックス、特注の柔らかい革で作ったブーツ。軍手は庭師が小柄な彼女の為《ため》に子供用のものを市場で買ってきてくれたもので、ティアナが端に自分でワンポイント刺繍《ししゅう》を施した、お気に入りだ。

「蕪に可愛いという形容は相応《ふさわ》しくないように思われますが」

執事のロイドは、彼女の後ろから影のように付き従い、日傘を差し掛けている。彼は無表情のまま首を傾《かし》げた。ティアナが幼い頃《ころ》から仕えてくれているのだが、切れ長の瞳はいつも冷静に凪《な》いでいる。おまけに主《あるじ》をちっとも敬わない態度であり、十歳ほど年上だがティアナも容赦なく言い返す、気の置けない関係だった。

ちなみに、服装は使用人のお仕着せだが汗一つかいていない。

「苦労して育てた結果なのだから、可愛く感じるのは正しいと思うわ」

真剣に考えて、ティアナは答えを出す。すると吟味するように目を細めたロイドは、不承不承二度頷《うなず》いた。

「……理解しました。では、可愛いという言葉は確かにティアナ様にとって正しい形容なのですね」

「うん！　でも今は言葉の意味じゃなく、この蕪の可愛さに感動してほしいんだけど……」

「私には可愛くありませんので、感動することはできません」

にべもなく断られて、ティアナはショック！　という大きな文字を心象風景として背負った。

「……大丈夫、マーサに頼んで今日は蕪のスープにしてもらいましょ。ロイドだって蕪のスープは好物だから、食べたら感動してくれるわ……きっと……」

　よしよしと慰めるように蕪を抱きしめて撫《な》でる主の奇行に、ロイドはまた目を細める。

「ティアナ様、誤解があるようなので言っておきますが私は蕪のスープは特段好物というわけではありません」

「嘘《うそ》！　いつもたくさん食べてるじゃない！」

「それはティアナ様の研究対象が蕪で、この畑では蕪がたくさん採れるので蕪料理が多い所為《せい》です。一番好きなのは肉です」

「野菜も食べようね！」

「蕪から摂れる栄養にも限りがあります」

「うう……！」

　ぐぅの音も出なくなり、ティアナは蕪をぎゅっと抱きしめる。正直ティアナもそろそろ蕪料理には飽きていたところだ。

料理人のマーサの蕪料理のレパートリーの豊富さには頭が下がるばかりだが、蕪は蕪。どう足掻《あが》いても蕪は肉には変身し得ない。

「……この蕪の収穫で、そろそろ次の研究対象に移った方が良さそうね……」

「次は食肉の研究になさいますか？」

ティアナには一抱えもある蕪を受け取り、小脇《こわき》に抱えたロイドが日傘を主の方により差し掛けながら訊《たず》ねる。

「ロイド、ちょっと心が漏れ出すぎだと思うの。私の研究は領地に適した作物の品種改良であって、養豚や養鶏ではないのよ」

「牛の肉が一番好きです」

「……おかしいな、言葉が通じない……」

手拭《てぬぐ》いで流れる汗を拭きつつティアナは慄《おのの》いた。

と、さほど広くはない畑の向こうから、料理人のマーサがこちらに向かって小走りでやってくるのが見えた。

マーサはティアナの祖母ほどの年で、健康な女性だが年配者を走らせるのは気が引ける。ティアナはロイドに目配せをして、自分も彼女の方に向かって駆け出した。

「マーサ！　走らなくても大丈夫よ、どうしたの？」

お転婆で身軽なティアナはあっという間にマーサに合流し、息も乱していない。対して、話すのもままならない程息を乱したマーサは、主に支えられてなんとか息を整えた。

「ああ、ありがとうございます。お嬢様……あの、王都から早馬が。ラザフォード様がお嬢様へ至急お戻りなるように、と」

　つっかえつっかえ言われた内容に、ティアナは首を傾げる。

「義兄《にい》様が？　お珍しいこと」

　首を傾げた彼女は、それでもマーサとロイドを連れて小さな屋敷の方に向かって歩きだした。

「とはいえ、あの義兄様が至急と仰《おっしゃ》るのならば、本当に至急のご用命なのでしょうね。義父《とう》様や義母《かあ》様に何かあったのならばその内容を書いて知らせてくれるでしょうし……直接じゃないとお話ししにくいことかしら」

　屋敷に戻ると、二人のメイドがすぐさま風呂の支度を整えてくれた。

　汗をかいた体を清め、髪と肌のメンテナンスを特急で行ってもらった後は、乗馬服を身に着ける。

「では、慌ただしい出立になってしまってごめんなさい。私の留守の間、皆、こちらのことをお願いね」

　料理人のマーサと、マーサの夫で庭師のトム。メイドのリリーとローズ、馭者《ぎょしゃ》のサム。この屋敷に勤めるのはこの五人だけだ。

「はい、お嬢様もお気をつけて」

「お嬢様、今度いらっしゃる時は王都のお化粧品を持ってきてくださいませ」

「夜には天候が悪くなりますので用心なさってください」

　皆に口々に挨拶《あいさつ》をされて、ティアナはそれぞれに言葉を返す。

屋敷を出ると、鹿毛《かげ》と黒毛の馬をそれぞれロイドとサムが連れて待っていて、サムの手を借りてティアナは黒毛の馬に跨《またが》った。

この屋敷から、王都までは馬で三時間というところ。正直騎士でも兵士でもないティアナには強行軍だったが、義兄《あに》の召喚とあらば最速の手段で行くしかない。

「では、行ってきます！」

そう言うとロイドを促して、ティアナは手綱を引いて馬の腹を軽く蹴《け》った。

王都には予定通りの時間に着いた。

天候が悪くなる前に指定された義兄の屋敷に着くと、再び旅装を解いて湯浴みに突入する。

旅の汚れを落とすと、ティアナはこの屋敷の主人であるラザフォードに会うに相応しい、シンプルだが仕立ての良いドレスに身を包んだ。王都滞在時のティアナ用に用意されているうちの一着で、深い青地のそれは彼女を少し大人《おとな》っぽく彩ってくれる。

その間にロイドもまた使用人のお仕着せに着替えていて、支度の整ったティアナは、屋敷の主の執務室の前で彼女と合流した。

ノックをして、許可をもらうと中に入る。

「ティアナ・ブラック。俺《おれ》と結婚しろ」

ティアナが部屋に入るなり、苦々しい顔でこの屋敷の主であるラザフォードが開口一番そう言った。

彼女はぱっ、と顔を赤くし、けれどその後すぐに青褪《あおざ》める。

何の冗談だ。

「無理です!!!」

緑玉の瞳を大きく見開いたティアナは、悲鳴を上げるがごとく即答する。

「随分な態度だな」

ギロリと朝焼け色の瞳でラザフォードに睨《にら》みつけられて、ティアナは身を竦《すく》ませる。

「申し訳ありません……義兄様が突然突飛なことを仰るのでつい本心がありのまま出てしまいました……」

無抵抗の意志を示すように両手を翳《かざ》しながら、よろよろと後ずさったティアナは、扉に頭をぶつけて今度こそ悲鳴を上げる。

ロイドはいつの間にか扉の脇で涼しい顔をして控えていた。

「何のフォローにもなっていないぞ」

溜息《ためいき》をついたラザフォードは椅子《いす》から立ち上がり、大股《おおまた》に部屋を横切るとティアナの腕を掴《つか》んだ。

「もう少し落ち着きを持て。大丈夫か？」

「まさか義兄様がお優しい……？」

「阿呆《あほう》、この扉がいくらしたと思ってる」

「扉の心配でしたか……それでこそ義兄様です」

ティアナの言葉を無視して、ラザフォードは扉の無事を確認してから彼女の腕を離す。

「先程の話だが」

「はい……お戯《たわむ》れが過ぎるかと……」

「お前に拒否権はない」

「ご冗談ではなく……？」

「決定事項だ」

「……さすがにそれはいかがなものかと……」

揺るぎないラザフォードの言葉に、ティアナの声はだんだんと尻《しり》すぼみになっていく。

元より、無駄の嫌いな義兄のことだ。冗談ではないとは思っていたが、さすがに様子がおかしい。

何かおかしなものでも食べて、頭が混乱しているのではないだろうか。

ティアナの考えを察したラザフォードが片眉《かたまゆ》を上げる。

「俺は正気だぞ」

「酔っ払いは皆酔ってないと言うものです、義兄様……」

「つくづく失礼な女だな……」

彼は深い溜息をつくが、溜息をつきたいのはティアナの方だ。

ティアナ・ブラックは、しがない子爵家の一人っ子令嬢だった。

中肉・中背、顔立ちは平凡で、亜麻色の髪と緑の瞳もこの国ではよく見られる色合い。幼い頃に両親を流行《はや》り病で亡くし、伯爵である叔父に引き取られた。

その叔父夫婦には息子が一人いて、それがこのティアナの前にいる男である。便宜上、ティアナは彼を義兄と呼んでいる。

名門伯爵家の嫡男、ラザフォード・アンブローズ。

彼は現在、父親の持つ爵位の子爵名を公式の場では名乗っている。

同じ王都に広大な敷地を誇るタウンハウスがあるのに、わざわざ一人で暮らす為に屋敷を購入した裕福さ加減からしてもうティアナとは生まれが違う。

烏《からす》の濡《ぬ》れ羽色の艶《つや》のある髪に、光の入り具合で色みが複雑に変わる朝焼け色の瞳、シャープな輪郭に少し浅黒い肌は西国の血が流れている為なのか、滴《したた》る蜜《みつ》のような魅力の、惹《ひ》きつけられる整った容姿。

若干二十二歳でありながら、王太子殿下の側近として出仕している多忙な身であり、同じく多忙な父の領主としての仕事も手伝っているという、どこに出しても恥ずかしくない、立派なワーカーホリックだ。

一方ティアナの方は、伯爵家に引き取られた後は蝶《ちょう》よ花よと義父と義母に可愛がられ、優秀な家庭教師に淑女教育を受けて何不自由なく育った。

生家の子爵位は夫となる男性の為に彼女が保有している状態だが、義両親はティアナの好きにするといいと言ってくれていて、子爵領の管理は義父に任せっきりだ。

これでは己がただの堕落した豚になる、と考えたティアナは定期的に子爵領を訪れるようになり、肥沃とは言えない領地でも育つ作物の研究を始めた。

　領地経営も、義父が子爵領に配属してくれた管理人から教えを受けて可能な限り勉強させてもらっているところだ。先程の蕪の品種改良の研究もその一環である。

　いずれ結婚し、夫を支えていく為の準備のつもりだったのだが、皮肉なことに畑仕事に勤《いそ》しみ、経営学に励むティアナは滅多に社交界に出ないこともあって変わり者扱いされていて、結婚が遠のく結果となっている。

「そもそも……私の王都での住まいをこちらのお屋敷に移されたのも、近々輿入《こしい》れなさる奥様のお相手をする為だったのでは……」

　恐る恐るティアナが尋ねると、ラザフォードは眉間《みけん》の皺《しわ》を深くし彼女を睨みつけた為、ヒッ！　と息を呑《の》む。顰《しか》めっ面をしていても様になるとは、美形は得だ。

「そう。俺には婚約者がいた」

「は、はい。アマーリエ・シュトレール侯爵令嬢ですよね……」

　社交界の華と謳《うた》われ、春の女神の如《ごと》しと讃《たた》えられた美貌《びぼう》、貴賤《きせん》なく誰《だれ》にでも分け隔てなく接する優しい性格、社会奉仕にも熱心で多くの孤児院に寄付をして聖女と呼ばれている、端っこ貴族のティアナですら評判を聞き及んでいる完璧《かんぺき》な令嬢だ。

「一度教会でちらりとお見かけしたことがありますが、本当にお綺麗《きれい》な方で…………ん？　い、いた？」

　婚約者が〝いた〟、とラザフォードは言った。

　ティアナはハッとしてまた青褪める。

「アマーリエ様の身に何かあったのですか……!?」

ご病気とか？　と心配になって口元を慄かせる彼女に、ラザフォードは忌々し気に舌打ちをした。

怖い。あとお行儀が悪い。

「いなくなった」

「誘拐……！」

「違う」

いよいよシリアスな顔になるティアナに、彼女の察しの悪さを叱《しか》るようにピシャリとした否定が返る。

「ええと……では、一体どういう……」

「自らの意志で、自らの足で侯爵家を出て行ったらしい。懇意にしていた騎士と共に。書き置きには、その騎士のことを愛しているので俺との婚約はなかったことにしてほしかったが、父親に許されなかったので出奔する、と書かれていたようだ」

ラザフォードの低い声で語られる内容にようやく事態を把握したティアナは、ハッとして口元を手で覆った。

「に、義兄様……それって……」

「皆まで言うな」

「駆け落ち……!!　義兄様、捨てられてしまったのですね……！」

ひぇぇ！　と真《ま》っ青《さお》な顔で皆まで告げたティアナに、ラザフォードはこめかみを押さえた。

「口は災いの元と知れ、ティアナ・ブラック」

ぺちん！　とティアナは両手で自分の口を覆った。

あまりの出来事だった為ハッキリ言ってしまったが、目の前の顰めっ面の男はそうは見えなくとも被害者なのだ。優しくしてあげなくてはいけない。

「……少し長くなる、茶を淹《い》れてくれるか」

そう言われて、ティアナは慌ててお茶の用意を始めた。

こういう時は鎮静効果のある茶葉を淹れるのが一番だ。彼女としても単調な作業は心を落ち着かせてくれる。

ほどなくして彼女がティーカップを二つ、ローテーブルに置いた。

ラザフォードは一人掛けのソファに座り、ティアナに向かいの席を勧めた。恐る恐るティアナが座ると、彼はカップに口を付ける。ティアナもそれに倣い、しばし二人は静かにお茶を飲んだ。

「……義兄様、聞いてもよろしいですか」

「許可する」

「…………アマーリエ様が駆け落ちなさったのは、わかりました……その、それで何故《なぜ》私に、義兄様と結婚しろとお命じになるのですか？」

ティアナが訊ねると、また器用にラザフォードの片眉が上がった。

「教会と国には既に結婚することを申請している、つまり俺は早急に代わりの花嫁を用意しなくてはならなくなった」

「……花嫁は足りない部品ではありません。もっとよくお考えになって、お互い好意を持って結婚の誓いをするものではないのですか？」

ティアナがそう言うと、ラザフォードは鼻で笑った。

「俺とアマーリエの間にも好意などなかった。あったのは義務と契約だけだ」

あの完璧な令嬢を婚約者に持ちながら随分と不遜な物言いだ。

向こうは義兄ではなく騎士のことを愛してしまったらしいが、普通はアマーリエのような美しい令嬢を前にすれば、骨抜きになってしかるべきでなかろうか。

万が一、骨抜きにならない輩《やから》がいたとしたら、その目は、

「……節穴……？」

「口に手を突っ込んでおけ、ティアナ」

「うっ、ハイ」

さすがに口に突っ込むわけにはいかず、ティアナは両手で口元を覆う。

素直な義妹の様子に満足して、ラザフォードは頷いた。

「それで……何故お前なのか、か」

「はい……」

ティアナが内心ドキリとしつつ、ぎゅっと拳《こぶし》を握って頷くと彼は遠くを見て言った。

「お前は、俺を裏切らない」

「……まぁ、怖くて無理ですね」

拍子抜けした気分でティアナが不承不承頷くと、ラザフォードはあっさりと返す。

「だからだ」

「えー……」

そんな恐怖政治みたいな理由だけで結婚は嫌だ。とティアナは顔を顰める。

結婚したいわけでもないし、相手がいるわけでもないが、年頃《としごろ》の乙女《おとめ》らしくそれなりに結婚には夢を抱いているのだ。

もっと、ロマンチックな理由が良かった。

「……それとも好いた相手でもいるのか？　ロイドを子爵家に婿入りさせるとか」

ティアナの煩悶《はんもん》を全く解さない朴念仁たる義兄は、本人のいる前で堂々とそんなことを言ってくる。

もし本当に恋仲だったらあまりにも気まずい。

言うまでもなく、当然従者と主の関係なのだが。

「ラザフォード様、私にも好みというものがありますので……」

ロイドがいけしゃあしゃあと頭を垂れて言うので、ティアナは執事を睨みつけた。

「それでは、これと婚姻しようとしている俺がおかしいみたいになるだろう」

「蓼《たで》食う虫も好き好きと申しますし…………」

「ロイド、後で屋敷の裏に来なさい」

　不遜な従者に呼び出しを掛けておいて、ティアナは義兄に向き合った。

「そうではなくて、私とて婚約、結婚にあれこれ理想があるのです！　義兄様の都合ばかり呑むわけにはいきません！」

　ティアナが両手で拳を握って言うと、ラザフォードは目を細める。

「……では、お前の要望を呑めば俺と婚姻することは問題ないんだな？」

「え？　はい。…………私も義兄様もいずれ結婚しなくてはいけないのは、貴族の義務ですし」

　きょとん、と瞳を瞬《まばた》いて言われた言葉に、義兄は何度か頷いた。

「了解した。では、条件を述べるがいい。可能な限りすべて叶《かな》えよう、その代わりお前は今日から俺の婚約者だ」

　堂々と宣言されて、ティアナはぽかん、としてしまった。

　ケチでせっかちな義兄は、本当に無駄が嫌いだ。

　その後、義両親に婚約の報告をするべく伯爵家本邸に向かったのだが、義両親は大喜びだった。

　曰《いわ》く、大切に育ててきたティアナを嫁に出すのは嫌だったが、子爵家を継ぐ為にティアナ自身が結婚を望んでいた為言い出せなかったのだと言う。

　結果、ティアナが義娘から息子の嫁として伯爵家に居続けてくれることを大いに喜んでくれた次第だ。

そのまま本邸で義両親と共に昼食を摂り、馬車でラザフォードの屋敷へと戻ってきたところだ。

「……義父様達って私のこと大好きですね、本当に」

ティアナが馬車を降りるのを、先に降りていたラザフォードが手を差し出して支える。

「俺が隙《すき》がなく可愛げがないからな。お前ぐらい抜けてて愛嬌《あいきょう》のある子供が愛《いと》おしいのだろう」

「……義兄様、ひょっとして今の褒めたつもりだったりします？　逆効果ですからね」

ティアナがラザフォードを見上げて言うと、案の定彼は理解できない、という顔をしていた。それはこちらの表情である。

「それで？　条件は決まったか」

屋敷の中に入り並んで廊下を歩きながら、ラザフォードが訊ねてくる。さっきの今だというのに、本当にこの義兄はせっかちだ。歩くスピードだってティアナより随分早く、既に距離ができていた。

彼女はムッとしながら長身を追いかける。まったく、レディの扱いがなっちゃいない。

彼の都合を押し付けられるのだから、せっかくなのでティアナは自分の都合も相当押し付けることに決めた。

「ええと……まず子爵領の管理は結婚後は、義父様から引き継いで義兄様の方でお願いします」

「了解した」

「将来私達の間に男子が二人以上できたら、どちらかに継がせてくださいね」

「それはお前の協力もいると思うが、こちらでも努力しよう」

「何故私の協力が必要なのです？　手を抜いていませんか、義兄様」

ティアナに冷たい視線をやってからラザフォードは今日《きょう》も義妹の後ろに立つ、彼女の執事を睨む。

「…………ロイド、これの教育はどうなっている」

執事は無表情のまま、嘆かわし気に首を横に振った。

「やっぱり蕪より牛を育てさせるべきでした」

「牛ではなく人間の生殖について教えておけ」

ラザフォードがうんざりとした様子で返すと、ようやく〝協力〟の意味に思い当たったティアナは顔を赤くした。

そこで辿《たど》り着いた執務室の扉を、ラザフォードは自分で開けて中に入っていく。ティアナもそれに憤然と続く。

「に、義兄様！　なんて破廉恥《はれんち》なことを！」

「子を生《な》すことは貴族の妻の責務だろう。お前の方こそ男子が二人、などと言っておきながら、まさか蕪畑で子を収穫するつもりだったのか？」

コウノトリが運んでくる、と思っていないだけマシだろうか、とロイドは無表情なまま考える。

「……やっぱり結婚、考え直そうかしら」

「お前のことだから、臍《へそ》を曲げてそんな埒《らち》もないことを言うだろうと、早急に父上達に婚約の件をお伝えしたのだ。止《や》めるというのならば、自分で父上達に報告するんだな」

「くっ……！　卑怯《ひきょう》ですわ、義兄様」

ティアナは悔しそうに拳を握った。幼い頃ならばその場で文字通り地団駄を踏んだだろう。

あれ程喜んでくれた義両親に、やっぱり結婚止めます、などと言えるのはこの面の皮の厚い義兄か、鉄面皮のロイドぐらいだろう。

繊細なティアナにはとても言えない。

と、ピンときた顔でロイドが口を開く。

「何故か今、失礼なことを思われたような気がします」

「奇遇だな、俺もだ」

ラザフォードが応じ、それを見てティアナは、鋭い……！　と内心で歯噛《はが》みした。

ぴしりと妹の額を指で弾《はじ》いて、ラザフォードは仕事に戻る。

弾かれた額は赤くなっていて、ティアナは顔を顰めた。ロイドが冷やした布巾を渡してくれたので、それで冷やす。

「嫁入り前なのに……」

「責任は取ろう」

しれっ、と言いながら、義兄はペンを書類に走らせていく。インク壺《つぼ》が突然倒れたりしないだろうか。

じとりとした視線で彼を睨むティアナに、ラザフォードの視線もちらりと彼女の方を向く。

「……何故誰も彼もが俺との契約を軽んじるのか、非常に不愉快だ。一度了承したものを反故《ほご》にすることは恥だとは思わんのか？」

「ちょっとした冗談です！　拗《す》ねてみせただけというか……」

ティアナが唇を尖《とが》らせると、ラザフォードはくっきりと眉を顰《ひそ》めた。

「俺は冗談は好かん。以後気をつけるように」

やがて、アマーリエが体調を崩し、転地療養することになった為に嫁いだ先で伯爵夫人の役目を果たすことは不可能だろうと判断され、両家の話し合いの末にラザフォードとの婚約が破棄されたと発表された。

その後、まもなくしてティアナが新たな婚約者となったこともひっそりと発表した。

ラザフォードにエスコートされながら、ティアナはとぼとぼとオペラ座を後にしていた。まだ終幕ではないので客はほとんどホールにはおらず、たまに館員とすれ違う程度である。

「義兄様、先程はフォローしてくださってありがとうございました」

オペラ鑑賞は貴族の社交の一つで、ティアナも今夜はその場に相応しい装いをしていた。

いつもは動きやすい、簡素なドレスを好んで着ているし、足元もブーツが多い。

だが今はレースや布を多く使った光沢のあるドレスに、髪は何がどうなっているのかもはやティアナ自身には理解できないほど複雑に結われていて、足元も宝石をあしらった豪奢《ごうしゃ》なヒールを履いていた。

装飾品は真珠で統一されていて、これはラザフォードのピンやカフスも同様で、いかにも婚約したての初々《ういうい》しさを演出している。

しかし、せっかく美しく着飾って赴いたというのに、二人は終幕を待たずに帰ろうとしていた。

珍しく下の席でオペラを鑑賞していた二人だったが、むせ返るような複数の香水の香りの所為でティアナの具合が悪くなってしまったのだ。

その為、終幕を待たずに客席から退散してくることとなってしまい、ティアナは申し訳なく思っていた。

オペラは教養の一つだし、劇場に足を運ぶことは、貴族にとって社交の一部だ。この多忙な義兄がわざわざボックス席ではなく下の席のチケットであってもここまで来たということは、話繋《つな》ぎをしたい相手がいたということなのだろう。

「構わん。俺はお前の婚約者になったが、まだ義兄《あに》でもある。義妹《いもうと》の具合が悪いのに仕事を優先する畜生ではないつもりだ」

「仕事と世間体の為にその義妹を婚約者にしたくせに……」

「そこまで元気な口が叩《たた》けるのなら、もう一度会場に戻るか？」

「おうちに帰りたいです……」

しおしおとティアナがそう言うと。ラザフォードは彼女の肩を抱き寄せてほとんど抱えるようにして馬車停《ど》まりまで連れて行ってくれた。

面の皮が分厚いし、口と性格が悪いし、朴念仁だが、義妹には優しい義兄なのだ。

変わり者の子爵令嬢である義妹を婚約者にした、ということでラザフォードとティアナの婚約は社交界で恰好《かっこう》のゴシップの標的となった。

暖簾《のれん》に腕押しとばかりにラザフォードはそれら全てを無視していたが、さすがに元々義妹と愛し合っていたので前婚約者のアマーリエに婚約破棄されたのでは？　という不躾《ぶしつけ》な問いにだけは、

『それならば最初からティアナと婚約する筈《はず》だろう。考えるということをしないのか？　お前は』

と冷たく言って切り捨てた。

その件以降は、皆ほとんどが形だけは同情的な態度に意見を翻《ひるがえ》したものだから、全く勝手なことである。

ティアナの生活には、特に変化はなかった。

元々子爵夫人になる為の教育は受けていたし、それが伯爵夫人になったところで教育の方向性は変わらない。

規模が大きくなり、準備の為に勉強する項目が増えた程度だ。

王都での生活が忙しくなり、領地で畑の研究を進めることができないのは少し残念だったが、伯爵夫人になれば子爵夫人よりも援助できる。自ら行うのではなく、専門家を雇って研究を続けてもらうなどの道もあるだろう。

オペラ座での出来事があってから、ラザフォードはティアナの具合が悪くなっていないかを頻繁に確認するようになった。エスコートする際には歩調がティアナに合わせてゆっくりとしたものになり、ふとした時に視線が合う。

いつまでも子供扱いをされていると思っていたが、だんだんと婚約者扱いなのだとわかってきて、

彼女をとてもくすぐったい気持ちにさせた。

まだまだ扱いは雑な面もあったし、相変わらず小言や悪態を必ず挟んできたが。


そんな婚約者扱いに、ようやくティアナが照れずに自然に接することができるようになった頃。

「……義兄様。来週のドレスの仮縫いなのですが、義兄様も同席なさいます？」

「何故俺がお前のドレスの仮縫いに付き合う必要がある」

ラザフォードの執務室で、勉強のおさらいという名の執務の手伝いをしていたティアナは、いちいち嫌味な言い方の義兄に顔を顰めた。

「……ただのドレスではなく、婚礼のドレスだからです。何故か、以前に立ち会うので日にちをお知らせするように、と言われてましたもので……」

「ああ。あれか。それならば同席しよう」

執務机の椅子に座ったラザフォードが書類から顔を上げぬまましれっと言い、ティアナはますます渋面になる。

「不細工だぞ」

見てもいないくせに言われた言葉に、ソファの上で飛び上がらんばかりにティアナは憤慨した。

持っていた書類には皺が寄る。

「婚約者に不細工とか言います!?　普通!?」

そう吼《ほ》えると、彼は少し考えるように首を傾げる。

「……アマーリエには言ったことないな」

「そりゃアマーリエ様ほど完璧な美貌なら顔を顰めていてもお美しいでしょうね！」

「落ち着け。……そう、お前の方が優れている点もあるだろう……何か、ひとつぐらい」

何か絞り出せ、とラザフォードが戸口に佇《たたず》むロイドに向けて目配せをしたが、彼は無情にも首を横に振った。

「ロイドは裏庭の草むしりでもしてらっしゃい！」

「最近むしりすぎて裏庭つるつるなんですが……」

「反省しろって言ってるの！」

キィ！　と激昂《げっこう》するティアナに、ラザフォードは感心する。

「お前の方がアマーリエよりも血圧が高いんじゃないか？」

「まさかと思いますが、それを優れた点として挙げているのならば、義兄様はほんっとうにイチからお勉強し直した方がよろしいかと！」

怒りのままにさっと立ち上がったティアナは、地団駄を踏んで憤った。

なかなかの雄々《おお》しい憤り方に、ラザフォードは愉快な演目を見ている気持ちになる。

誰かを見ていて楽しい気持ちになる、ということはラザフォードにとって極めて稀《まれ》なことだ。

けれど、その稀なケースの記憶を辿ってみると、いつもこの変わり者の義妹がいた。

「……ふむ、これは思わぬ僥倖《ぎょうこう》」

「……なんとなく、失礼なことを考えていませんか？」

「いいや？」

ラザフォードが鼻で笑うと、ティアナは難しい顔をしつつも察するところでもあったのか、矛を収めた。再びソファに座ると、やり掛けの書類の分類作業に戻る。

「ところで、ティアナ」

「はい、義兄様」

呼びかけに彼女が顔を上げると、ラザフォードはそれだ、と呟《つぶや》いた。

「どれです？」

「そろそろ俺のことを兄と呼ぶのはやめろ。来月には結婚してお前は妻になるのだからな」

そう言われて、ティアナは目を見開く。

「……そう、でしたね。善処します」

「善処ではなく、必ず修正しろ。式場で兄と呼ばれては恰好がつかん」

ラザフォードの体面の為だけならば、わざと呼んでやろうか、などと不穏なことも考えたが、じろりと睨まれて慌てて頷いてみせた。

「か、必ず直します……！」

気合を入れて拳を握るティアナを満足げに見遣《みや》って、ラザフォードは追加の書類を彼女に持たせた。

そんな風に、時間が慌ただしく、騒がしく、けれど和やかに流れていく。

ティアナからすればあっという間に、ラザフォードからすれば元々予定したのでようやく、といった感覚で、二人の結婚式が近づいていた。

明けて翌週。婚姻のドレスの仮縫いの日である。

「では義兄様……ではなく、ラザフォード様。私は先に仕立て屋の方に向かいます」

「ああ、俺もこの書類を提出してからそちらに合流する」

仕立て屋の職人に屋敷の方に来てもらうことも多いのだが、今日はその場でいくつか修正を加えることもあるだろうから、と店の方に赴くことになっていた。

その方が職人が直接修正できて、仕事が捗《はかど》るからだ。

最終調整にはラザフォードの確認も必要なので、ある程度話が纏《まと》まってから彼は合流する流れになっていた。

ロイドと共にティアナが乗り込んだ馬車が、仕立て屋へと向かうのを見送った後、ラザフォードの方もいくつかの事業に関する書類を関係各所に提出する為に別の馬車で屋敷を出発していく。

仕立て屋に到着したティアナはさっそくサイズが変わっていないか念入りに採寸をされ、婚礼の衣装は勿論《もちろん》、その下に着る下着や他《ほか》の布製の装飾品などの確認に追われる。

ドレスと共布で作られた靴も靴屋から届いていて、そちらも見事な逸品だった。

「はぁ……すごく素敵ねぇ。身に着けるのが私なのが申し訳ないぐらい」

「何を仰ってるんです。お嬢様の為のお品ですよ」

仕立て屋の女主人・ベルーナに言われてティアナは瞳を瞬く。

「あら、でも最初はアマーリエ様の為に作り始めたものでしょう？　私とあの方では髪の色や背丈にあまり変わりがなかったから好都合だと、義兄……ラザフォード様が」

どう聞いてもあんまりな内容に、ベルーナは笑顔のまま凍り付く。

優秀だの美形だのといい評判ばかり聞くがラザフォードときたら、婚約者になったティアナに対して何でも馬鹿《ばか》正直に話していいものではないだろうに。

確かにアマーリエを婚約者として教会と国に申告した結婚式の日取りは差し迫っていたので、仕立て屋としても前の婚約者の為に手掛けていたドレスをそのままティアナのサイズに直して進められたことは助かったが、普通の女性は別の女の為のドレスと聞いて怒らない筈がない。

当然、ベルーナと仕立て屋職人一同、ティアナには絶対に漏らさずここまで来たというのに、まさかラザフォード本人が彼女に伝えてしまっていたとは。

「……アンブローズ卿は、少し…………その……女性の繊細な機微を察することが……その……少し苦手な……」

「いえ、ハッキリ鈍感で失礼な男だと言っていいんですよ、マダム……」

ものすごく言いにくそうにしているベルーナに同情して、ティアナは深い溜息をついた。

あの義兄は、何においても無駄が嫌いなのだ。

賓客の為の個室で、ベルーナが一通り説明を終えると最終的な決定はラザフォードが来てからすることになり、一旦女主人と職人達が下がっていく。

代わりにソファに座るティアナの前には可愛らしいお菓子と香りの良いお茶がサーブされ、お待ちください、と店員ににこやかに言われた。

衣装選びというものは、細かく採寸したり、あれを着たりこれを着たり、動いてみたり座ってみたり、どちらの色がいいかしら、だなんてあまり変わらない色の生地を見比べたり、と際限なくやることがある。

勿論店側の方が大変だろうけれど、令嬢たる本人にとっても結構な大仕事だ。

この過程がこの上なく好きな友達もいるが、ティアナはあまり好きではないし、今回のドレスは婚礼衣装である為自分の好みだけで決めるわけにもいかず、より大変だった。

「あとは義兄……ラザフォード様に任せましょう。あの方がいいと言えば、万事ＯＫの筈です」

ふぅ！　と大きく溜息をついたティアナは、紅茶のカップに口を付ける。

さすが一流店。茶葉も温度も完璧だ。美味《おい》しい。

「招待状は義兄……ラザフォード様の方で用意してくださるし、お花は屋敷の人に任せたし……お料理も私が口出すよりも料理人に任せておけば間違いないものね。メニューを後で教えてもらうのが楽しみ！」

ティアナは上機嫌で、皿に盛られた一口サイズの菓子を指で摘《つ》まむ。

「あと私がしなくちゃいけないことってあったかな……？」

聞くともなしに呟きつつ、彼女は菓子を口に入れる。と、ずっと背後に立っていたロイドがふいに口を開いた。

「太らないようにお菓子を我慢する、とかじゃないですか？」

「うぐ……！　あ、歩いて帰るからいいの！」

もぐもぐと菓子を食べきってから、ティアナは反論を試みる。

ロイドはもはやコメントせず、白けた目でこちらを見てくる。ティアナは自分でも徒歩で帰宅することを許されないことはわかっていたので、屋敷に帰ったら屋敷内をぐるぐる歩き回ることを決めた。

あとロイドはもう一度裏庭に呼び出す。

謎《なぞ》の挑戦的な気持ちになり、このお菓子は全て美味しくいただく！　と決めたティアナの耳に、ノックの音が届いた。

一方、店員に案内されて仕立て屋の個室に来たラザフォードは、中にいる人物を見て眉を顰めた。

「……これはなんの真似《まね》だ」

「そんな怖い顔をなさらないで、ラザフォード様」

にっこりと優雅に微笑むのは、かつての彼の婚約者・アマーリエ・シュトレールだった。

彼女が騎士と共に失踪して二ヶ月が経《た》っていた。

来月の頭にはもうラザフォードの婚儀が取り行われるので、本当にアマーリエはギリギリで駆け落ちしたのだ。

「何故ここに……？」

ティアナのいる個室に、と案内された筈だ。

一流の店だと思っていたが、こんなことに加担する店員がいるのならば、今後の取引も考え直さなくてはならない。

「あの店員のことは叱らないであげて。わたくしはこの店の馴染《なじ》みの客なので、少し便宜を図ってくれただけなの」

アマーリエの言葉に、ラザフォードはますます眉を顰める。

客のプライバシーを守れない店員を、アマーリエから叱らないであげて、などと言われて従う道理はない。

特に仕立て屋などはそのドレスの評判以上に、客の秘密を守れるかどうかが重要になってくる筈が、今まで守られ優先される側だったアマーリエには考えが至らないようだ。

話の通じない相手に言っても仕方がない。この点は後ほどベルーナに抗議することを決めてラザフォードは改めてアマーリエを見た。

彼女は、二ヶ月前に会った時よりも少し痩《や》せていて、着ているドレスも少し質素なもののように感じたが、相変わらず非の打ちどころのない美貌に穏やかな笑顔を浮かべている。

けれど、駆け落ちして後のことを全て押し付けた元婚約者に会うのに、ちっとも悪びれた様子がないことにラザフォードは不気味さを感じた。

「……よく俺の前に顔を出せたな」

「怒っているのね、ラザフォード。わたくしがあなたを置いていったから……」

「話を取り違えるな、お前が責任を放棄し契約を反故にしたことに腹が立っているんだ」

事実、彼はアマーリエがラザフォードではない男を選んだことなど、どうでもいい。以前ティアナにも言ったが、元々互いの間に愛情などなかった。

貴族の結婚は契約であり、義務だ。

それでも愛した男と結ばれたいというのならば、好きにすればいい。だが、順番を間違えたのは許せることではない。きちんとラザフォードとの婚約を解消してからならば、何一つ彼の関知するところではなかったのに。

「あなたに、わたくしの気持ちなんてわからないわ……」

「ああ、わからんな。……お前は自分の望みを叶える為に、できることを全てしたのか？　両親を説得できなかった時点で諦《あきら》め、契約を破って逃げた。今までのうのうと貴族としての身分を甘受してきたにもかかわらず」

ラザフォードは感情を乱すでもなく、声を荒らげるでもなく淡々と言った。

「……やっぱり、わたくしがあなたを裏切ったことが許せないのね。ええ、謝って済むことでないとはわかっているけれど……ごめんなさい、わたくしは、カールを愛してしまったの……彼を想《おも》うことを止められず……」

アマーリエは悲しげに、そして申し訳なさそうに言う。

話にならない、とラザフォードはうんざりする。感情に基づく言い訳など、アマーリエの両親にでも聞かせてやればいいのだ、彼には必要ない。

「侯爵家からは慰謝料を受け取っているし、もう話は済んでいる。俺はお前に用がない、失礼する」

馬鹿馬鹿しくなって、ラザフォードが踵《きびす》を返すと慌ててアマーリエは彼の腕を掴んだ。

「待って！　わたくし……あなたを置き去りにしてしまったことを後悔しているの。それで、謝りに来たのよ……」

「俺に対して後悔も謝罪も必要ない。言っただろう、終わったことだ」

「そんな……どうしても、わたくしのことを許せないのね……それほどまでに、あなたのことを傷つけてしまったなんて……ごめんなさい……」

「…………言語中枢は無事か？　話が通じない者に使う時間が惜しいんだが」

いよいよアマーリエを不気味に感じて、ラザフォードは腕を払う。

か弱い彼女が何をしたところでラザフォードに被害はなかろうが、この店には今ティアナがいる。ロイドが傍《そば》にいるので直接的な攻撃は防げるだろうが、先程のように店員が何か仕掛けていたら防げるとは限らない。

例えば飲み物に何か仕込むだとか。

「……でもどうか、わたくしの話を聞いて。わたくしは、あなたに貴族としての誠意を見せに、恥を忍んでここまで来たの」

「不要だ、これ以上話すつもりもない」

「……カールとの恋に目がくらんで、貴族の義務から逃げたことは認めるわ……だから、こうして戻ってきたの。あなたと結婚する為に」

ラザフォードは無言で片眉を上げた。

「それこそ不要だ。俺には婚約者がいる」

「変わり者のあなたの義妹ね。ラザフォードったら、いくらわたくしがいなくなって、誰でも良かったからって義妹で賄《まかな》おうとするなんてよほど辛《つら》かったのね……でももう大丈夫。わたくしがちゃんと貴族の夫人としても役目を果たしますわ。もう何も心配しなくていいのよ」

アマーリエの微笑みは、まるでどろりと端から溶けていきそうなほど粘性があり、ラザフォードはさすがにゾッとした。

ノックの後にティアナのいる個室に入ってきたのは、背の高いがっしりとした体躯《たいく》の青年だった。黒髪に鳶色《とびいろ》の瞳のなかなかの美丈夫だが、とはいえティアナには見覚えがない。ロイドが無言で主のすぐ傍に立ったが、闖入者《ちんにゅうしゃ》は紳士的に扉を開け放ちそこに膝を突いた。突然の動きに、ティアナは驚いて目を丸くする。

「はじめまして、レディ。私は、騎士団第二小隊所属、カール・ローデンといいます」

「……ローデン卿。初対面の場をこのように選ばれるのは、感心できませんわ」

ティアナは意識的に顔を顰めた。

仕立て屋は女性が無防備になる場でもある。

その為、万全の警備や秘密保持が望まれ、初対面で約束もない男が女性を訪ねてくるなんて、そのまま捕まってもおかしくない場面だ。実際ロイドは静かに殺気を溜《た》めていて、相変わらずの無表情ながらなんだかちょっぴり寒気がするぐらいだった。

「失礼は承知です。レディ、このタイミングしか見つけることができず……ですが、きっとお許しいただけると思います、何故なら私は今、あなたに朗報を持ってきたのですから」

結構恩着せがましい言い方ではないかしら？

ティアナはぱちぱちと瞬きをした。

流れるように言われたので、ちょっと勘違いしそうになったけれど、このカール何某《なにがし》さんはいいこと教えてあげるから無礼は見逃せ、と言っているのではないだろうか。

「ええと……でしたら、後ほど屋敷をお訪ねください。今はどうぞお引き取りを」

「!?　タイミングは今しかないのですよ!?　あなたは普段、子爵の屋敷にお住まいで……」

子爵、というのはラザフォードのことだろう。

「あ……住んでるところもご存じでしたら、住所をお伝えする必要はありませんね……」

ティアナは内心冷や汗をかきながら精一杯何でもないことのように振る舞う。

どうしよう、ちょっと怖い人かもしれない。騎士って言ってたし、武力行使に出られたらロイドだけでは分が悪い。

彼女は視界の端でちらりと開いた扉を見るが、それはカールの後ろだ。窓から逃げる時間は稼げるだろうか？　ロイドの尊い犠牲と引き換えに。

「子爵に聞かれては、元も子もないのです……」

悔し気に言われて、ティアナは首を傾げる。

「……ラザフォード様に聞かれて困るようなことが、私の利になるとは思えません」


再び腕を掴まれて、ラザフォードはアマーリエによって廊下に連れ出された。

本来ならば数名行き交っている筈の店員もおらず、まさか女主人までグルなのだろうか、と彼は訝《いぶか》しがる。

できる限り早急に、この様子のおかしいアマーリエを然《しか》るべき者に押し付けたかったが、人の姿が見えないことには放置していくのも躊躇《ためら》われた。

何故かすぐ隣の個室は扉が開け放されていて、僅《わず》かに話し声が聞こえた。中にはソファに座るティアナと、その後ろにぴったりと張り付くロイドが見えて、ラザフォードは外に漏れないように内心で安堵《あんど》する。

が、彼女達の前に膝を突く見知らぬ男を認めて顔を顰めた。

誰だ。

そんなラザフォードにまるで恋人のように寄り添いながらアマーリエは歌うように朗らかに言う。

「ラザフォード。あなたに相応しいのは、わたくししかいないわ。わたくし達って、とても釣り合いのとれた婚約者同士だと思うの。あなたもそう思うでしょう？」

「いや、もう婚約者ではないからな」

「……あなたの方から、お父様に説明してくれれば、また元の通りの関係に戻れるわ。わたくしも、あなたも、何も変わっていないのだから……ね？」

にこ、と微笑んで首を傾げられても、ラザフォードには頷きようもない。

〝元通りの関係〟に〝戻る〟、と言っているのだから、本当に気が狂って状況がわからなくなっているわけではないようだ。何か企《たくら》みがあるのだろう。

「……父親である侯爵には会ったんだな？　そこで何か言われたか……いや、要求を拒絶されたか」

探るように見下ろして言うと、彼女は一瞬顔を顰めた。けれど、すぐにまた夢見るような笑顔に戻る。

「お父様もきっと、わたくしが出て行ったことがショックでまだわたくしを受け入れられないようなの……お可哀相《かわいそう》に。本当に、わたくしはたくさんの人を悲しませてしまったわ……だから、あなたの方から、わたくしと結婚することを伝えてもらえれば、またお父様も以前のように優しいお父様に戻ってくださると思うの」

どうやら、話が通じないのはわざと無視したり、意識的に曲解しているようだが、主張がおかしいのは素らしい。

だが、

「……何度も同じことを言わせるな。俺に、お前は不要だ」

ハッキリと言うと、アマーリエはさすがに表情を強張《こわば》らせた。

「……そう。でもあなたがわたくしの代わりに召し上げた、義妹の方はどうかしら？　あの子にわたくしの代わりが務まるかしら」

彼女は強張ったまま笑ってみせたが、ラザフォードにはひどく醜悪なものにしか見えなかった。

「傲慢《ごうまん》なラザフォード。あの子だって、条件さえ整えばあなたのことを裏切るに違いないわ」

「……ラザフォード様に聞かれて困るようなことが、私の利になるとは思えません」

ティアナの返答に、カールは戸惑うように視線を揺らせた。

何なのだ、とティアナは鼻白む。彼が誰で何を伝えにきたのか皆目見当もつかなかったが、見ず知らずの失礼な男に婚約者に聞かれてまずい話なんてされたところで、聞く耳を持つ筈がないだろうに。

「……実は、話というのは子爵……そのラザフォード様に関することなのです」

「……そう、ですか」

ティアナは露骨に帰ってほしい、という態度をとっているというのに、カールは話を続けたので呆《あき》れる。聞けば、ティアナが考えを変えるとでも信じているかのようだった。

「あなたはアマーリエの代わりに急遽《きゅうきょ》婚約者にされたのだと聞いています」

「……ええ……と、まぁそうですね」

事実だし、社交界ではもはや誰でも知っていることなので肯定したが、改めて言われるとひどい内容だ。私、割と可哀相なのでは？　とティアナはちらりとロイドを見たが、彼の鉄面皮からは何も読み取れなかった。

「さぞかし、悩み、傷ついた日々だったでしょう……心中お察しいたします」

なんだか深刻そうなカールを前に、割と苦労もなくのんびりここまで来ました、とは言えずにティアナは曖昧《あいまい》に微笑んだ。ここでしっかりと否定しないものだから、カールは勢いづく。

「しかし、その苦労の日々も終わりです！　アマーリエが戻ってきたのですよ。そして、ラザフォード様と予定通り結婚して、あなたを伯爵夫人という愛のない結婚と重圧から解放してくれるのです！」

「え」

ティアナは告げられた内容に驚いた。

「アマーリエ様が⁉　え、駆け落ちなさったのですよね⁉　どうして戻ってきたんです？　件《くだん》の騎士に捨てられでもしましたか？？」

歯に衣着せぬ物言いに、さすがのロイドも噴き出すのを我慢する為に腹筋に力がかかる。カールはなんとも言い難い顔をして、首を振った。

「いえ……その騎士は私です」

「……え、ではどの面下げてここにいらしたの？」

つい言ってしまったティアナの言葉に、ついにロイドはグゥ、と唸《うな》った。カールも少し青褪めている。

慌てて口を覆ったティアナは、目を白黒させて懸命に考え始めた。

「その、アマーリエが、残してきた子爵のことが心配で知己を辿って調べさせたところ、あなたの窮状を知ったのです。私とアマーリエは愛し合っていますが誰かを犠牲にしていては、真の幸福とは言えないでしょう」

「ええ……？　駆け落ちした張本人が言います？　それ」

ティアナはまたつい言ってしまう。

アマーリエの駆け落ち相手の騎士であるこのカールが、アマーリエとまだ関係が切れていないにもかかわらずこの場にいて、ラザフォードとアマーリエの結婚をわざわざティアナに知らせるメリットは何だ？

駄目だ、何も浮かばない。恋人が元婚約者と結婚することを、朗報とする意味とは。

「……つまり、アマーリエ様とラザフォード様の結婚の為に、あなたは身を引くということですか？」

「いいえ？」

絞り出した考えをけろりとカールに否定され、ティアナは意味がわからなくて眉を顰める。話の辻《つじ》褄《つま》が合わない。わかるところから整理していこう。

「えーと……そもそもラザフォード様はアマーリエ様との結婚を了承してるんですか？」

彼がそうと判断したのならば、ティアナに否やはない。

そうなれば元の義妹の身に戻り、子爵領での研究に打ち込むだけだ。もっとも、さすがにこんな理由で婚約破棄された娘にいい縁談など来ないだろうから、ラザフォードにはきっちり責任を取って良縁を用意してもらわなくてはならないが。

できればお金持ちで若くて、容姿端麗で性格のいい男性を。あと女性の機微に敏感な人がいいな、誰かさんと違って。

一方、アマーリエはラザフォードを戸口に近寄らせながら、多少の躓《つまず》きはあったようだがカールの話が核心に近づいていることに満足していた。

彼女は、ティアナの口からラザフォードの婚約者を止める旨を言わせたいのだ。それによってラザフォードがティアナを見限り、アマーリエと再度婚約を結ぶことを望んでいた。

ラザフォードは無駄が嫌いで、それ以上に自身を裏切る者が嫌いだ。

彼との婚約を破棄することをティアナに明言されたとしたら、彼はティアナに裏切られたと感じ、彼女との婚約を考え直すだろう。

条件が同じならば恐ろしく合理的な彼のことだ、公には〝療養の為に婚約を破棄せざるを得なかった、完璧な侯爵令嬢〟であるアマーリエと再度婚約を結ぶ筈だ。

「ええ、勿論です」

カールが嘘を言うと、ティアナはまた瞬きをした。

戸口にラザフォードとアマーリエがいるのだが、扉が邪魔になっていてこちらの姿はティアナには見えていない。しかしカールの方は予《あらかじ》め示し合わせてあるので、二人が部屋の中の会話が聞こえるほど近く、扉の傍に立っていることを知っている。

ここで、ティアナが、ラザフォードと婚約を破棄することを明言すれば、後はアマーリエが乗り込んでいって話を纏めるだけだ。

カールが微笑んでティアナに促す姿を、アマーリエは内心ほくそ笑んで眺めた。

「……それならば、レディ？」

「嘘ですね」

ひやりとしたティアナの声がハッキリと部屋に響き、外のラザフォードとアマーリエにも届く。

「はい……？」

カールが微笑んだまま固まる。それを見て、何故この流れで行けると思ったのだろう、とティアナは疑問に思った。結局何がしたいのかはちっともわからなかった。

事態は全く把握できていないが、彼がティアナに嘘をついたことはわかる。

だって、

「私は、ラザフォード様の言葉はラザフォード様から告げられなくては信じません。あの方は心底無駄の嫌いな人。他人の口を介して誤解を招くようなことはしません。特に、ここまで重要なことは絶対に」

それを聞いた瞬間、ラザフォードの唇が笑みの形に吊《つ》り上がる。自分の考えは正しかった、と彼はひどく満足した。

ティアナは、ラザフォードを裏切らない。これがどれほど貴重なことか、当のティアナは気づいていないだろうけれど。

「さすがです、お嬢様」

ロイドが僅かに笑って称賛する。

うむ、とティアナが頷くと、そこに慌ただしく部屋に入ってくる者がいた。千客万来であり、この上もなく迷惑だ。

現れたのはアマーリエで、彼女は何故か見たこともないような恐ろしい形相をしていてティアナは驚く。

「アマーリエ様！　……ラザフォード様も？」

続いて部屋に入ってきたラザフォードは、立ち上がったティアナの横に並んだ。ロイドは二人を守るように前に出る。

「ティ、ティアナ！　あなただって、無理やり結婚なんて嫌でしょう!?　わたくしがラザフォードと結婚してあげるから、安心なさい！」

「………罰ゲームみたいな扱いですね」

ちら、とティアナはラザフォードを見上げて言う。彼は意味がわからない、と首を傾げた。

「ティアナ！」

アマーリエが悲鳴のようにして叫ぶので、ティアナは悲しくなった。美しくて聡明で、誰にでも分け隔てなく公平に施しを与えていた女神のような令嬢。どうして彼女は今、鬼のような形相で自分に婚約破棄を迫ってきているのだろう。

「あの……そちらの騎士の方も、アマーリエ様も、何か勘違いしてらっしゃるようなのですが……」

ティアナは非常に言いにくく感じながらも、重い口を開く。

「私……ラザフォード様のことが好きなので、この婚約、嫌々受けたわけではない、です……」

しゅわ、と湯が沸騰するかのようにティアナの顔が赤くなり、腕組みをして隣に立っていたラザフォードがぽかん、と彼女を見遣る。

「…………それは、初耳だな」

「……はじめて言いましたから…………」

じろじろと見てくる視線に耐え切れず、ティアナは俯《うつむ》く。

両親を亡くして何もかも変わってしまったティアナの世界で、ラザフォードだけがそれまでと変わらなかった。

相変わらず口と性格が悪くて、ティアナに厳しい。甘やかしてくれないし、優しい言葉なんてくれない。でもティアナの些細《ささい》な変化には必ず気づいて、何も言わずに隣にいてくれた。

そんな人が幼い頃からずっと傍にいて、好きにならないわけがないのだ。

彼女の旋毛《つむじ》を眺めながら、ラザフォードは口の中で小さく呟いた。

「……これは、思わぬ僥倖」

と、そこに女主人のベルーナと、警官隊がどやどやと突入してきて、個室の中はてんやわんや。

あっという間にアマーリエとカールは拘束された。

容疑は店の店員を抱き込んで本来あってはならない、部外者の侵入の手引きをさせたこと。勿論無断侵入。件の店員に足止めされていたベルーナが、自分達ではカールが暴れてはどうしようもない、と思いすぐさま警官隊を呼んでここまで駆け付けたようだ。

ティアナとラザフォードに怪我《けが》はなかったものの、彼らへの介入は十分に罪に問われる範疇《はんちゅう》であり、アマーリエとカール、件の店員は警察のお世話になることが決まった。

それまでアマーリエは療養の為領地に行っている、としていた父侯爵もこれにはカンカンで、カールとの駆け落ちした件に関しての箝口令《かんこうれい》を解き、娘を勘当したことを発表した。

カールの方はティアナに騎士隊所属と名乗っていたが、駆け落ちした時点でとっくに除籍処分になっている。

これにより、二人は罪を償った後も当然社交界に戻ることはできず、平民として暮らしていくことが決定した。

その後、仕立て屋からは丁重な謝罪と賠償を提案され、これ以上婚儀の準備の遅れを厭《いと》ったラザフォードの進言により店は罪に問われることはなかったが、評判はかなり下げてしまい、これから名誉挽回に励んでいくこととなる。

ちなみに、手引きした店員は当然店はクビ、そのまま警察で然るべき罪に問われた。

これらの騒動の一応の決着がつく頃には、もうティアナとラザフォードの婚儀は間近に迫っていた。

扉の前に並んで立ち、ううん、とティアナは唸った。

「今更ですけど、アマーリエ様は結局、何故義兄様と婚約し直したかったのですか？」

首を何度か双方向に傾げて、凝りを解《ほぐ》してからラザフォードは答える。

「二ヶ月に及ぶ駆け落ち生活で、実家から持ち出した資金は底を突き、そもそも平民生活などしたこともない二人には金が必要になった」

「……ははぁ」

わかるような、わからんような。

「…………そこで、俺と婚約をし直して結婚し、侯爵家と我が伯爵家の資産を使い、あの騎士を愛人として囲い悠々自適に暮らしていこうと考えた、のだと」

「……子供の方がまだマシなことを考えそうな、杜撰《ずさん》な計画ですね……」

ティアナは冷や汗をかく。遊ぶ金欲しさの犯行。杜撰すぎる。

だからあの時カールは、ラザフォードとアマーリエが結婚しても身を引くわけではない、と言っていたのだ。わざわざ愛人になることを了承しているなんて、ティアナの理解を越えている。

「まったくだ、駆け落ちせず何事もなく結婚し俺の子を産んだ後ならば、別に男を囲うぐらい大目に見てやったものを」

ここにも理解を越えた男がいた。

「…………二割ぐらいは義兄様の所為でもあるような気がします」

「言いがかりだ」

しれっと言われた言葉に、ティアナは胡乱《うろん》な眼差《まなざ》しを向けた。

こういう男なので、その杜撰な計画が上手《うま》くいくと思わせてしまったところもある筈だ。

ふと、ラザフォードの襟の位置がズレているのを見つけて、ティアナは手を伸ばす。彼が屈《かが》んできたのでちょいちょい、と正してやった。

「あれ？　じゃあ私も愛人囲っていいんですか？」

「……二割は俺の所為らしいからな、その方針は捨てることにした」

「えー？　なんかズルくないですか？」

ティアナが唇を尖らせると、ラザフォードはぺちりとその額を小突く。

その所為でたたらを踏むのを腰を抱いて支えてやって、彼女のドレスの裾を撫でて整えた。

「馬鹿者。お前は俺のことが好きなんだろう？　その気持ちを後生大事に抱えて貫き通せ」

「え……そうですけど、今言います？　そして、あなたが言います……？　そんなんだから婚約者に逃げられるんですよ……」

どうしてこんな男のことを好きになんてなってしまったのだろう、とティアナはげんなりとした気持ちになる。後悔していないし、勿論言うまでもなく貫き通すつもりではあるけれど。

ティアナの言葉を聞いて、ラザフォードは僅かに笑った。

「構わん。その結果、惚《ほ》れた女と結婚できる」

「………………はいぃ？」

きょとん、と彼女が瞳を瞬き、ゆるゆると赤面していく中、目の前の扉が開かれる。

荘厳な音楽が流れだし、頭上からはパステルカラーの花びらが舞いながら降ってきた。大勢の参列者が一斉に立ち上がり、拍手で二人が迎え入れられる。

「ところで、結婚後に妻と恋愛をするというのは、非常に合理的だと思わんか？」

「もし、それが素晴らしいことだと思って言ってるなら……旦那《だんな》様はもうちょっとロマンチックな物言いを勉強してきた方がいいですよ！」

言葉とは裏腹に、ティアナはお日様のような笑顔を浮かべていた。

婚約破棄されたら幸運のもふもふ拾いました

斯《し》波《ば》

ill. まち

「はぁ……この先、どうしよう」

ため息を吐《つ》けば、白い息へと変わる。濃い白が私の気の重さを表しているかのよう。

ランドリーメイドの仕事を終えて婚約者であるレオノスの元に向かったら、婚約破棄されるだなんて。私達は来月、結婚する予定だった。職場にはすでに辞めると伝えてある。

引っ越し先も決まっていて、ささやかだがパーティーの予定もしてあった。なのに「幼馴染《おさななじみ》との間に子どもが出来たから結婚しなきゃいけなくなった」と。職場からほど近い喫茶店で、諸々《もろもろ》のキャンセル料と一年分の家賃が入った袋を差し出された私は目と耳を疑った。

お金を払えばいいってもんじゃない。そう、怒鳴りつけることが出来れば少しだけでも気が楽になったのかもしれない。けれど私には無理だった。血が抜けたような真っ白い顔で繰り返し謝る彼を見て、呆《あき》れて、絶望して。この先を一緒に歩むことは出来ないのだと実感させられるだけ。あまりに急だったから、涙すら出なかった。それでも別れ際、一発だけ彼の頰《ほお》を叩《たた》いてやった。

「本当に、ごめんな」

レオノスは涙目で頰を押さえて、何度目かの謝罪をした。彼は優しい人だった。けれどこうと決めたらなかなか譲らないタイプでもあった。遠慮なく言い合えて、趣味や好みが合う。恋人というよりも友人のような関係だった。それでも家族になった後の幸せを想像出来る相手だった。

少なくとも私はそう思っていた。だからこんなことになるまでレオノスが何も言ってこなかったことが、信頼してもらえてなかったことが悔しくて。同時に叩かれてホッとしている彼が憎たらしかった。簡単に切り捨てられるはずがない。けれど受け入れるしかない。私も、レオノスも。思い描いたものとは違う形の歯車がとっくに回り始めていて、止める術《すべ》を知らないのだから。

　差し出されたお金は遠慮なく受け取ったが、それだけだ。失ったものが多すぎる。どうしたものかと悩みながら、家に帰る途中でパン屋に立ち寄る。出勤前、店の前を掃き掃除していた売り子のリリスさんに声をかけられ、バケットを予約していたのだ。

　その時の私は婚約破棄されるなんて夢にも思っておらず、今週末もレオノスが家に来ると思っていた。話があると言われた時なんて、パンを頼んでおいて良かったと夕食のことまで考えていた。呼び出しがレオノスの部屋ではなく、喫茶店の時点でこうなるかもしれないと気付くべきだった。今思うと、なんとも滑稽《こっけい》だ。だが取り置きを頼んだからには取りにいかないという選択肢はない。

　なにより、これ以上予定が変わってしまえば、一気に足場が崩れてしまいそうで怖かった。レジの奥にいるリリスさんに軽く手を振る。彼女はすぐこちらに気付いて、持っていたトレイを置いた。

「カミラさん！　パンのご用意出来ていますよ。それからサービスのりんごも一緒に入れておきますね。カミラさんの今日のラッキーアイテムです」

「それはリリスさんの占い？」

「はい！　カミラさん、なんだか元気ないみたいだから特別です」

　リリスさんは月に一度、王都のどこかで占いの店を開いているらしい。場所はいつも違って、開く日にちも不明。それでもかなりの人気で、以前占ってもらった同僚なんて占いが的中する前から大喜びであった。

　私は店に行ったことはないのだが、こうして特別に占ってくれることがある。何を占ってくれたのかは分からないので、当たっているのか確かめようがないが。それでも時たま良いことが起きる。偶然と言ってしまえばそれまでだが、何も聞かずに励まそうとしてくれることが嬉《うれ》しい。

「ありがとう」

お礼を伝えて、パンの代金を払う。ニコニコと笑う彼女に別れを告げ、今度こそ家に向かった。パン屋から少し離れた場所にずらりと並ぶアパートの中で、地味な灰色の屋根のアパートに私の借りている部屋がある。城まで近く、家賃もそう高くないので、王都に来てからすぐに借りた。それからずっと暮らしている。

「このアパートの引っ越しもどうするか考えないと」

ため息と共に愚痴を溢《こぼ》す。階段を上ると、私の部屋の前に何かが落ちているのが見えた。毛玉のような何か。近くまで来てしゃがみ込み、ようやくそれの正体が分かった。手で掬《すく》えるほどに小さな鳥だ。ぐったりとしている。オリーブ色の毛に覆われたその子の頭には、王冠を被《かぶ》ったような黄色い毛が生えている。通常、この地域に生息していない鳥である。

だがこの子には見覚えがあった。五年前もこうして私の家の前で倒れていたのだ。その時は身体《からだ》中に傷があって、しばらく部屋で看病していたものだ。けれど傷が治ると忽然《こつぜん》と姿を消してしまった。

別れの挨拶《あいさつ》がない代わりに、この子は私に多くのものを授けてくれた。いきなり仕事を認められて昇格することになったり、兄妹《きょうだい》の結婚が立て続けに決まったり、たまたま参加したお祭りのくじ引き大会で特賞を引き当てたり。病に臥《ふ》せっていた姫様が回復されたのも、レオノスと付き合い始めたのもちょうどこの頃《ころ》だからよく覚えている。

この子はきっと幸運を呼ぶ存在なのだ。昔話や成功譚《たん》には似たような存在が度々《たびたび》登場する。話によって人であったり精霊であったり、はたまた獣であったりと姿形はそれぞれ。だがその存在にちゃんと向き合い、相手に認められることで幸運を手に入れることが出来るという点は共通している。私が認めてもらえたかはさておき、この子に出会ってから良いことが続いたのは事実。私にとっては大変ありがたい存在であった。

　ここを安全な場所だと覚えていたのであれば、今回も迎え入れるだけ。また良いことが起きるかも、なんて淡い期待は抱いていない。悪いことがあった直後に欲を出せば、もっと下がってしまうような気がするから。とりあえず今よりも悪くならなければそれでいい。それにどうせ願うのならこの子自身のことが良い。

「治るまでしばらくうちにおいで」

　早く良くなりますようにと祈りながら、その子を掬い上げる。部屋に入れてから急いで、鳥さん用の巣を作る。以前使っていた籠《かご》と毛布、皿は残っている。いなくなってからしばらくは帰ってくるかもしれないと窓際に置いておいたのだ。

　それから良いことが連続して起こり、ご利益があるかもしれないと飾っていた。引っ越し先でも当然飾るつもりで、他《ほか》の荷物よりも大事に荷物に仕舞い込んでいた。

　皿に水を入れ、鳥さんを巣の中に下ろす。水を飲み始めたのを確認してからもらったりんごを剥《む》いた。この鳥は通常、虫を食べて生活しているらしいのだが、この子はパンや果物、茹《ゆ》でた野菜などを食べる。鳥さんが来てくれたおかげで多めに買ったパンは無駄にならずに済む。一度看病しているため、餌《えさ》やりにも慣れたものだ。ご飯だよ～と声をかけながら鳥さんの前に皿を置く。

「良いことってこの子のことだったのかな。ラッキーアイテムもこの子のご飯だったし」

幸運を運ぶ存在かもしれない鳥さんに会うことが良いこと、なんてなぞなぞみたいだ。だが期間限定の同居鳥が出来たと思えば悪くない。たくさん頼んだパンもこの子のためだと思える。少なくとも自分一人でもそもそと食べきることはない。

「さて、私のご飯も用意しちゃおうっと」

着たままの上着を脱ぎ、リボンをほどく。夕食を作っている間に、鳥さんはすっかりと回復していた。巣の中でパタパタと羽を動かし、元気アピールをしている。ただ疲れていただけのようだ。

今回はすぐにいなくなってしまうかもしれない。少し寂しい。だがリリスさんと同じように、私を励まそうとしてくれたかも、と思うと胸が温かくなる。

自分の分のご飯を持って席に着くと、先に食べ終わった鳥さんが飛んできてくれる。この鳥さんはとても賢い子で、人の食事には絶対に手を出さないのだ。家具を荒らすようなこともしない。だから安心してお留守番させられるし、ご飯中に会話を楽しめる。

「それでそこの食堂で出している季節のケーキが絶品で！　私のお気に入りはかぼちゃのタルト。二パターンあってどっちが出るかはその日のお楽しみなの。使ってるかぼちゃの種類が違うみたいなんだけど、どっちも美味《おい》しいから期間中はついつい通っちゃうのよね。レオノスは常設メニューを制覇する勢いで、毎回付き合ってくれたんだ。私もね、冬場のスタンドドリンク制覇には付き合ったんだよ。お酒はあんまり強くないから、私はノンアルコールで、レオノスがアルコール担当。帰りが一緒の時に一杯ずつ買って、飲みながら歩くの。少し分けたり、それに合うおかずを作って食べたり。……そんな日々がずっと続くと思っていたのに」

　会話といっても私が一方的に話して、鳥さんがそれに合わせて鳴いてくれるだけだが。追加で茹でたにんじんを入れた皿を差し出せば、美味しそうにつつき始める。

　話していたら、なんだか食べたくなってきた。かぼちゃのタルトは無理でも、かぼちゃはまだ市場に売っていたはずだ。鳥さんの頭を撫《な》でながら、明日《あす》の帰りに買ってこようと決める。鳥さんがいなくなっていたら、かぼちゃのポタージュにしてしまえばいい。

「引っ越しの準備で片付いているけど、引っ越し用の箱を開けるとレオノスの物がたくさんあるんだよ。彼、仕事では真面目《まじめ》なのに案外抜けていて、よく忘れ物していくの。引っ越したらレオノスの部屋に持っていけばいいやって思っていたけど、どうしよう。もっと早く話してくれたら持って帰らせたのにね！　急すぎて、帰って来るまですっかり忘れてた。もう会う機会もないだろうし、こっちで処分するしかないんだろうけど、見る度に思い出と婚約破棄を思い出して落ち込みそう……。まだ箱に入れていないものは早めに処分しないと」

　レオノスが残した思い出のカケラは至る所に散らばっている。見つける度に寂しさと苛立《いらだ》ちを覚えて、最後には落ち込むのだろう。五年も付き合っていたのだ。胸にぽっかりと開いた穴は決して小さいものではない。風が吹き込めば寒くなるし、無理に穴を埋めようとすれば虚《むな》しさを感じる。

「愚痴ばっかり話してごめんね。こんな恥ずかしい姿、友達にも見せられないから。鳥さんと私だけの秘密にして欲しいな」

鳥さんも来て早々愚痴に付き合わされるなんて災難だ。けれど他の誰《だれ》にこんな姿を見せられるというのか。愚痴を聞かせるような親しい相手は私とレオノスのことをよく知っている。心配かけまいとセーブして、吐き出せなかった気持ちが喉《のど》に詰まって苦しくなるだけ。

「起きててもレオノスのことばっかり考えちゃうし、早く寝よう」

気持ちを切り替えたふりをしてベッドに入る。毛布を頭から被ってしまえばそのまま闇《やみ》と溶けてしまえるような気がした。けれどそんな私の元に一匹の小さな訪問者が下り立った。毛布をゆっくりと開けば、チチチと鳴いている。食器を片した後に巣の中に運んでいったのだが、こちらまで飛んできてしまったようだ。毛布の中に入り、そのまま私の頬に身体を擦《こす》りつける。

「あったかいね」

「チチッ」

慰めてくれているらしい。頭を撫でれば、鳥さんは今日《きょう》の寝床を決めたようだ。潰《つぶ》されないように少しだけ離れて、けれど私の手の届く場所で丸くなった。優しい子だ。この子がいれば、悪い夢を見ない気がした。

鳥さん効果か、朝までぐっすりと寝ることが出来た。元気なさえずりで目を覚ます。寝ぼけた頭で真っ先に思ったのが鳥さんのご飯のこと。キッチンに向かい、自分の朝食の準備も始める。鳥さんはテーブルの上で待機していて、部屋を出ていく様子はない。

「今日はお仕事だけど、夕方には帰ってくるから。お昼はちゃんと置いていくから安心してね」

そう話せば元気な鳴き声で返してくれる。ちゃんと理解しているのかは定かではないが、窓が閉まっていても出ていけることは五年前に確認済みだ。

バケットの外側をスープにつけて食べながら、鳥さんについて考える。見た目は五年前と変わらないが、食べる量は増えている。今回は元気だからかもしれない。まるで私が傷心中だと知って慰めに来てくれたかのよう……だなんて都合良く考えすぎか。お腹《なか》が空いて立ち寄っただけかな。

鳥さんが何を思って来てくれたかはともかく、ベッドに入ってからもグルグルと考え続けなくて済んだのは鳥さんのおかげだ。あのまま愚痴を垂れ流していたら今頃、私の顔は散々なものになっていたに違いない。

鳥さんがしばらくいてくれるかもと考えると、冷蔵庫の中にあるものだけでは少し心もとない。かぼちゃを買う時に明日分の果物と野菜も買おうと考えているうちに出勤時間が近づいてきた。

りんごと茹でたにんじんを皿に移し、水の皿も用意する。鳥さんの毛布もきちんと直してから、コートを着込む。

「それじゃあ行ってきます」

こんなに早くこの言葉を口にする機会が出来るとは思わなかった。もしも家に一人きりだったら、今頃行きたくないと駄々を捏《こ》ねながらダラダラと時間を過ごしていたことだろう。家に誰かがいるというだけで心強い。たとえそれが鳥だとしても、私にとっては大事な存在なのだ。

出勤すればどこからともなく視線が刺さる。更衣室に入ればその視線が好奇心によるものだと嫌でも理解させられる。すでに私が婚約破棄された話は広まっているようで、数人の使用人が私の周りに集まってきた。「可哀想《かわいそう》に」と言いながら、彼女達の目はキラキラと輝いている。悪意も完全には否定出来ないが、ただ目の前の新しいゴシップを詳しく知りたいだけなのだろう。

特にレオノスは真面目で通っていた。勤続態度はもちろん、女性からアプローチをかけられてもしっかりと断っていた。恋人である私も同じく王城で働いていることを知っているのに、声をかけてくる相手は意外にも多いのだ。その度、親切な同僚がレオノスが口説かれていたと教えてくれた。

二人の関係が友人のようだと知っているからなおのこと。中には本気でレオノスを狙《ねら》っていて、私に探りをかける目的で教えてくれていた同僚がいたのも知っている。けれど親しい人は、私達の関係がそれくらいで揺らぐことはないと知っていたから、何の心配もしていなかった。レオノスは人気だねと笑うだけ。記念日だって祝うタイプだった。ここに集まっている同僚達は、私が記念日にプレゼントをもらっていることを知っていたはずだ。

仲がいいと疑ってすらいなかった。なのに、結婚直前に婚約破棄を言い出した。理由は子どもが出来たから、なんて予想外のオンパレードである。私だって予想出来なかった。

「さすがに婚約破棄直後に逃げるほど卑怯《ひきょう》な人だとは思わなかったなぁ」

「いい人に見えたのにね」

「門番している知り合いから聞いたんだけど、人相の悪い大柄の人と一緒にいるって本当？」

「何それ、初耳！」

彼女達同士で話が進んでいるが、私も初耳である。昨日《きのう》の今日で早速噂《うわさ》に尾ひれがつき始めているようだ。私を放って盛り上がっていく。いっそこのまま私を巻き込まないで欲しいのだが、そうはいかない。なにせ渦中の人。片割れのレオノスは出勤していないようだ。先ほど『逃げる』という言葉が聞こえたので、すでに退職届を出したのかもしれない。彼女達にずずいと顔を寄せられ、切り抜ける方法はないかと模索する。適当な言葉を探しているとドアが勢いよく開かれた。

「カミラ、来てる⁉　こっちを手伝って欲しいんだけど！」

友人のレイラだ。一昨日《おととい》の夜、急に国王の客人が来ると決まったことで、昨日の朝からレイラ達ハウスメイドは大慌てだった。レオノスに会う前に食器の受け取りを頼まれたが、それだけではない。

第二王女が着る予定のドレスに合ったアクセサリーやリボン選びなど、こまごまとしたものを手伝っている。私は王族の洗濯物を担当しているため、王女様のドレスに関して、ハウスメイドと同じかそれ以上に詳しいのだ。その時に「明日も声をかけるかも」と言っていたので、後で訪ねるつもりだった。だが状況は私が思っているよりも切羽詰まっているようだ。

「昨日以上に忙しいから早く来て」

「ええ〜。もうちょっといいじゃない」

納得いかない様子の彼女達だったが、レイラが「メイド長の許可は取ってあるから」と付け加えると、一斉に口を噤《つぐ》んだ。所属がどこであれ、城でメイドとして働いている以上、メイド長の決定は絶対だ。ましてや今回は急な来客。下手《へた》に引き留めれば、自分達も駆り出されるかもしれないと判断したらしい。

「頑張って」

「話、後で聞かせてね」

彼女達はニコニコとしながら手を振り出した。驚くべき変わり身の早さである。そういうところは見習いたいものだ。

「ありがとう、助かった」

「忙しくて手伝って欲しいのは本当だし。……案外平気そうで良かったわ」

「私を迎えに来るほど忙しいレイラの耳にも届いているなんて……。そんなに広まっているの？」

「まぁね。メイドは耳が早いものよ。カミラも知っているでしょう」

「そうね、さっきこの身で体感させられたわ。レオノスとのことはショックではあるけれど、私にとっても彼にとっても友人の延長線上でしかなかったから」

「そう。カミラはさ、まだあの方が好きなの？」

「……うん。でも子どもがいつまでも初恋を捨てられないのと同じ。叶《かな》うわけないって分かっていて、気持ちの整理もついてるよ」

　レオノスが幼馴染に手を伸ばしたように、実は私も過去に咲いた淡い初恋を抱え続けている。叶わないと分かっていて、一緒にいて楽な友人のような人を選んだ。それがレオノス。彼は私の初恋の相手を知っていたが、全く気にしている様子はなかった。むしろ酒を飲みながら「男でもカッコイイと思うもんな～」と口にすることもあった。それくらい遠い存在で、平民である私の手に届くはずのない人。私が好きになった人はこの国の第三王子、ジュリアス様だったのだ。

　出会ったのは私がまだランドリーメイドになったばかりの頃。涙を堪《こら》えながら稽古《けいこ》着を洗う青年に恋をした。努力家で負けず嫌いな彼は、剣の稽古で納得いく結果が出せなかった日はこうして洗濯場の端で隠れるように洗い物をしているのだと教えてくれた。

日当たりが悪く、誰も目に留《と》めないような場所に私が足を運んだのは、突風でシーツが飛ばされてしまったから。もう少しで地面に落ちそうだったシーツをキャッチした私と涙を拭《ぬぐ》うジュリアス様。出会いだけ見れば運命的で。濡《ぬ》れた夜色の瞳《ひとみ》は私の脳裏に焼き付いている。青年が王子様だなんて、この時は知らなかった。

それから私達はその場所で度々顔を合わせるようになった。約束はない。名前も知らない。私は彼をあなたと呼び、彼は私を君と呼んだ。二人しかいない場所ならそれで十分だった。足を向ける度、秘密基地に行くような高揚感があった。徐々に心が惹《ひ》かれていったのも仕方ないことだと言える。けれど想《おも》いを告げるよりも先に、その心を封じ込めた。洗濯場での出会いから半年が経《た》った頃、彼の正体を知ってしまったのだ。洗濯場にいる時とは違い、キッチリとした服を着込んだ彼を廊下で見つけて先輩に聞いた。ただ、名前を知りたかったのだ。

そんな小さな欲が関係を終わらせた。シャボン玉のように簡単に割れてしまったのだ。王子様だと知って、これ以上深入りをすることを恐れた。私はその場所から近い洗濯場を避けて他を使うようになり、ジュリアス様と話す機会はなくなった。

その後も避けようと思っていた。だがある日、洗濯場から図書館が見えること、そして彼が図書館の窓際の席によく座っていることに気付いた。それ以来、こっそりと彼の姿を見ていた。近づくことは出来ずとも、これなら許されるかもしれないと自分に言い訳をした。

それでも彼に気付かれてしまうことがある。視線が交わると、彼は優しく微笑《ほほえ》んでくれたり、手を振ってくれたりする。変わらず優しく接してくれることが嬉しくて、同時に複雑でもある。

彼と私は身分が違う。洗濯場で気軽に話していた時のように近くにいることは出来ない。そんな当たり前のことに寂しさを感じてしまうのだ。

自分の状態を直視するのが嫌で無理やり話を切り替える。

「私のことより今は仕事！　なんでこんなに忙しそうなの？　昨日の話では今日はもう少しゆっくり出来そうだったんじゃ……」

話をしながら、廊下で忙《せわ》しなく動き回る使用人達を何人も目にした。なぜか昨日の午前中に置いたばかりの花瓶や付け替えたばかりのカーテンを胸の前で抱えている。

二部屋程度なら客人の趣味に合わせての変更かと納得出来るのだが、いかんせん量が多い。それに更衣室にいた彼女達とは違い、すれ違った彼らは私に気付く余裕さえないように見える。

「実は今朝《けさ》方、全変更になってね。やり直しよ。この後も深夜組と早朝出勤組に分かれて作業をすることになっているの。私とカミラは早朝組に割り振られているから」

「決定事項なのね……」

「変更点は多いし、明日の夜にはいらっしゃるから。代わりに休暇と臨時ボーナスが出るわ！」

「明日の夜!?　それに全変更ってもしかして……」

「そう、例の占い師だか魔術師だかよく分からないローブのおばあさんの指示」

昨日聞いた話では、数日余裕はあったはずだ。ただでさえ急に決まった来訪だというのに、予定が早まるとは……。普通の来客ならこんなことは許されない。

だが今回の相手というのが現国王の姪《めい》にあたる女性とその子ども達なのである。なんでもこの国の王家に代々仕えている謎《なぞ》の女性の力を借りたいらしい。身内とはいえ、隣国の王家に入ってしまっているため、客人という形になったという訳だ。使用人からすればたまったものではない。だが一番忙しいのはキッチンだ。買い出しに駆り出されなくて良かったと心底ホッとする。

「それで、今回は何が理由だったの？」

「用件と来訪日に変更があったから、合わせて内装も変えろってさ。関連性がよく分かんないけど、今回は城にあるものでどうにか出来るだけマシかな」

私達には全く意味が分からないことも、その女性と王族からすれば深い意味を持つ。この国が栄えているのは、勤勉な王族とこの女性の存在あってこそだと聞く。

私は国政なんて難しいことは分からないけれど、王都だけではなく田舎《いなか》の村のことまで考えてくれていることは知っている。それから城に住む王族達が頑張っていることも。ランドリーメイドとはいえ、十年以上城に勤めているのだ。見えてくるものも多い。

「理由はよく分かんないけど、頑張ろう」

グッと拳《こぶし》を固める。それからすぐにメイド長のいる部屋に辿《たど》り着いた私達に話を楽しむ余裕なんてなかった。メイド長から的確に飛ばされる指示の下、部屋から部屋へと走り回った。

「疲れたぁ」

「今日は助かったわ。明日もよろしくね」

私が帰るまでに乾かなかった分厚いカーペットなどは、深夜組に取り込んでもらうよう頼んでおいた。朝来たら敷く予定だ。それが済んだらメイド長のところに向かって、終わっていないところに飛ばされて――とまだまだやることは多い。

レイラに見送られ、更衣室に戻る。私の帰りを待っていた同僚が何人かいたが、あまりに私がくたびれていたからか「お疲れさま」だけで終わった。買い物に行くだけの元気はないが、家には鳥さんがいる。あの子に美味しいご飯を食べさせてあげたい。その気持ちが市場へと足を運ばせた。

お店イチオシのかぼちゃを手に入れ、家に帰る。茹でるだけでも美味しいとの売り文句通り、ほくりとした甘みがある。鳥さんもとても喜んでくれた。手を伸ばせば、スリスリと身体を擦りつけてくれる。ああ、可愛《かわい》い。これだけで今日の疲労が吹っ飛んでいく。

「そういえば鳥さんの身体の色、ジュリアス様の髪色と同じなのね」

「チチッ!?」

深い意味もなく口から出た言葉だが、鳥さんは机の上でピョンピョンと飛んで回り出した。なぜかひどく動転している。まるでジュリアス様を知っているかのよう。だがなぜ焦るのかが分からない。

「色が似ているからって重ねて見たりしないよ。そりゃあジュリアス様はカッコイイし、未《いま》だに想いを捨てきれないけど、鳥さんとジュリアス様は違う存在だもの」

かぼちゃのポタージュを啜《すす》ってからそう告げれば、今度はピタリと動きを止めた。こちらをじいっと見つめている。まるで私の言葉が本心かどうか見極めているかのよう。自分の色に相当なこだわりがあるらしい。どこにでもいるような栗色《くりいろ》の髪を一つに束ねるだけの私にはよく分からない感覚だ。

翌日は早朝から昼過ぎまで走り回る。ランドリーメイドが忙しい時間に更衣室に戻ったため、囲まれることはなかった。だが翌日も同じとはいかなかった。むしろ数日も待たされた分、人数が増えている。

「今日こそ話を聞かせてもらうわよ」

「話っていってもそんな大したものでは……」

「カミラさんには私達の今後がかかっているんです。私達だっていつ同じような事態に直面するか分からないので！」

　数日前は興味本位がほとんどだったのに対し、今回は自分も同じ轍《てつ》を踏まないように話を聞かせて欲しいという声がほとんどである。後輩や普段関わりのある子はともかく、顔を見たことがある程度の子まで聞きにくるのはどうなのか。城勤務は使用人同士での交際が多い。今回のことは衝撃的とはいえ、非常に身近なことでもあるということは分かる。明日は我が身、と考える気持ちも分からなくはない。だが私にかかる負担は増える。なにより、あまりいい気はしない。

「話より仕事よ、仕事。昨日からお客様が来ているんだから、いつもよりちゃんと働かなきゃ」

「待ってくださいよ～」

　適当にあしらいつつ、仕事を進める。自分の担当分をちゃちゃっと済ませて、残りの分を抱える。

　向かうのは大きな木の陰。小物しか干せないため手が空いた人が干すことになっている。ほぼ私の仕事と化しているが、嫌だと思ったことはない。運が良ければ窓際に座るジュリアス様が見えるのだ。

　ここ数日は忙しくて他のメイドに任せていたが、遠目から見る彼の姿には何度も元気をもらっている。今日も元気をもらえれば。そう思ったのだが、いつもの場所に姿はなかった。肩を落としてから、遅れてお客様が来ているためだと気付く。国王陛下の姪となれば、ジュリアス様の従姉妹《いとこ》にあたる。

久しぶりの再会に花を咲かせていることだろう。小さく息を吐き、軽くなった洗濯籠を抱える。

「そういえば前に鳥さんが来た時も、しばらく姿を見かけなかったのよね。あの時は姫様がご病気だったけど、その時も今回も他の王子や姫は見かけるし……たまたまかしら？」

ジュリアス様の名前を聞いて鳥さんが妙に慌て出したのも引っかかる。だが姿を見かけない理由とは結びつかない。たまたまだと結論付け、リネン室に向かう。そして頭を抱えた。

「なんで、こんなに残っているのよ」

「来客用の洗濯物を急いだので、通常分が遅れていて……」

「だからって溜《た》まりすぎでしょう！」

確かに急ぎの分はあった。お城で使う分はある程度、リネン室に畳んである。山積みになっているものの多くが、使用人の制服である。城で使う分や王族の方々の衣服などの洗濯と、使用人の分の洗濯はそれぞれ担当が異なる。新人が任されるのは後者である。

今回はいきなり違う仕事を振られ、普段の仕事に手が回らなかったといったところか。理由は分かる。だが溜まりすぎだ。彼女達を監督すべきメイドはスッと視線を逸《そ》らす。

「頑張るのでお話を」

「そんな暇があったら手を動かしなさい！」

隙《すき》あらば私達の話を聞きたがる後輩を一喝し、大量の制服にアイロンをかける。城の使用人が汚い服で仕事をしているなんてこと、あってはならないのだ。結婚話があのまま進んでいたら、それはそれで職場が大変なことになっていたのではないかと心配になってくる。

夕方の洗濯物回収までになんとか終わらせれば、同僚がぞろぞろと汚れた洗濯物を持ってくる。そのタイミングでアイロンがけが終わった服を渡していく。

仕事着から私服に着替えると、疲労がドッと押し寄せる。ついでに同僚からの質問も同じようにやってくる。今度こそ逃がしはしないとの強い圧を感じる。仕方なしに口を割れば、次々に人が押し寄せ、解放されたのは日がすっかりと暮れた頃だった。

疲れたけれど、明日は休日。急に駆り出された穴埋めとして休みをもらえたのだ。最近は疲れることの連続だったので、部屋から一歩も出ずに鳥さんと一緒にのんびりと過ごしたい。着替えも済ませ、荷物をまとめた時だった。レイラがひょっこりと顔を出した。

「カミラってまだいる？」

「レイラ？　どうしたの？」

「メイド長がお呼びよ」

「何かしら」

「このまま残ってくれって話じゃない？　王族の洗濯物はなかなか任せられる人いないから」

「そうだったら嬉しいけど、慣れれば難しくないよ」

私以外にも王族の洗濯物を担当とするメイドは何人もいる。テキパキと仕事をするしっかり者ばかりで、勤続年数もそこそこある。私が抜けたところで困ることと言ったら天蓋《てんがい》の洗濯くらい。それだって慣れれば出来る。

「簡単に言うけど、そもそもメイド長から信頼されたランドリーメイドじゃないと仕事を任せてもらえないから……。噂では王妃様はシーツの完成度でカミラが休みかどうか見抜いちゃうんだって！」

「それはさすがに嘘《うそ》でしょ。でもそんな噂が立つくらいには、周りから仕事を認めてもらえているのは素直に嬉しいわ。鳥さん効果かな？」

「鳥さん、ってもしかしてカミラが『幸運のもふもふ』って呼んでる緑の鳥のこと？」

「そう。数日前からうちに来ているの！」

「本当に幸運を運ぶならこんなことにはなっていない気がするんだけど……」

レイラが言いたいことも分かるが、婚約破棄に至るキッカケとなる出来事は一年も前なのだ。さすがにそこまでフォローしてくれなんてワガママは言えない。それにああなるよりも前にやれることはいくらでもあった。怠ったのは他ならぬ私である。レオノスだけを責めることは出来ない。

先ほど後輩たちに打ち明けたからか、少しスッキリしている。今はまだショックな部分もあるけれど、しばらくすればこれも運命だったと受け入れているに違いない。寂しさは鳥さんが包み込んでくれる。友人も気にかけてくれていて。だから、多分これでいいのだ。

「でも幸運を運んでくれるなら話せばどうにかなる仕事のことじゃなくて、もっと他の……。例えば麗しの王子様の快方を願うとかにしておけば」

「ジュリアス様、体調を崩されているの？　もしかして図書館にいなかったのも……」

「うん。来客の準備をしていたあたりから部屋に籠《こも》りきりで出てきていないみたい」

ジュリアス様が体調を崩されるとは珍しい。洗濯場で彼は、身体が丈夫で風邪一つひいたことがないのだと自慢げに話してくれた。そして身体の弱い妹がいることも。その妹が長らく病を患っていた姫様だと後で気付いた。洗濯場で会わなくなってからもジュリアス様が体調を崩されたという話は聞かないので、私が知る限りでは初めての体調不良だ。それも数日は寝込んでいることになる。

「心配ね……」

レイラと別れ、メイド長の元に向かいながら、自分にも何か出来ることはないかと考える。お見舞いの定番は果物や花である。だがどちらも気軽に差し入れることなんて出来るはずもない。

だが別に方法がある。お見舞いと聞いて真っ先に浮かんだのはジュリアス様が姫様のために作っていた小さな花束のこと。彼は部屋の外に出ることが出来ない妹のために、彼女の部屋の窓から見える場所に小さな花束を置いたのだ。手先が少し不器用な彼が作ったものを毎日違う場所に置いておくのだとか。見るだけではなく、探すのも楽しんでもらえたらと思ってのことらしい。

「作ったら見つけてくれるかな」

ジュリアス様と姫様のように約束をした訳ではない。けれど彼の部屋の窓から見える場所に花束を置くことは出来る。今から花屋に行くことは難しいが、庭師に頼めば少しだけ分けてもらえるだろう。

私用だが、顔の広さはこういう時に役立つ。そんなことを考えているうちに目的地に到着した。小さく息を吐いてからノックをする。メイド長は忙しさからか世間話などはなく、すぐに本題に入った。

「帰る前に呼び出してしまってごめんなさいね。それで早速だけど、次の仕事は決まっているの？」

「いえ、まだです」

「あなたさえ良ければ、もう少しここで働いてもらえないかしら？　嫌な気分になるようだったら配置は変えるわ。知り合いの元に推薦状を書くことも出来るけれど、出来れば城に残って欲しいの」

メイド長からの話は私にとって願ってもないことだった。城に残るか、違う場所に移るか。後者を選んでもメイド長の推薦なら悪い扱いを受けることはない。のんびりする予定だった休日は、自分の今後と向き合う日になりそうだ。少し返答を待ってもらうことにして、メイド長の部屋を後にする。

その足で庭師の元へと向かい、黄色い花をいくつか見繕ってもらった。この国では黄色は春の訪れを知らせる、寒さを忘れさせてくれる色。ジュリアス様が好きな色でもある。それらを麻紐《あさひも》で束ねて、木の枝に括《くく》りつけた。

「気付いてくれるといいな」

少し多めにくれたので、残った花は家に持ち帰って飾ることにする。更衣室に戻り、荷物を回収してから市場に向かう。今晩はシチューにするつもりだ。多めに作っておけば明日も食べられる。芋とにんじん、それから鳥さん用のりんごも買った。

重くなった紙袋を抱えてパン屋に向かえば、看板がまだ出ていた。駆け足で店内に入り、バケットとくるみパンを手に取る。レジに立っていたのはパン屋の主人。リリスさんはすでに帰ってしまったようだ。

たくさんのお土産《みやげ》を抱えてアパートへと向かう。鳥さんに『ジュリアス様が良くなりますように』と願い事をするには少し足りないかもしれないが、遅い時間で良い物がほとんど残っていなかった。明後日《あさって》また市場を覗《のぞ》くことにしよう。

そんな時、やけに大きな荷物を運んでいる人達が目に付いた。すでに日は暮れている。引っ越しシーズンなら度々見る光景だが、暗くなるのが早い今の時期は珍しい。周りの人もチラチラと気にしている様子である。私も同じように眺めながらも、深く気にするつもりはなかった。大量の家具が運び込まれていく先が、来月私が引っ越す予定のアパートでさえなければ。

この時期、部屋が空くことはほとんどない。住居の更新は少し先か少し前で、今は中途半端なタイミングなのだ。レオノスと暮らす新居を見つけたのは本当に偶然で、不動産屋の話では元いた人が急に引っ越すことになったと言っていた。

立て続けに二部屋も空くなんて珍しいと興味本位で足を向け、声を失った。なにせ家具が運び込まれていた部屋は私が引っ越す予定の部屋であり、ドアの近くで仲の良さそうな夫婦が肩を並べていたのだから。来た道を引き返し、不動産屋に駆け込む。

「どうなっているんですか！」

せっかく仕事がどうにかなりそうだと思った矢先に、今度は引っ越し先がなくなるかもしれないのだ。冷静でなんていられない。今しがた見たことを伝えたが、不動産屋にも思い当たる節がないらしい。物件がほど近い場所ということもあり、二人で直接大家である夫婦の元へと向かった。

そしてダブルブッキングをしていたことが判明した。私が見たあの夫婦は大家の知り合いで、奥さんの方が話を進めていたようだ。一方で旦那《だんな》さんは不動産屋を通して話を進めていた私達を入居させる予定だったそう。

旦那さんの方は引っ越し作業をしているのは不動産屋を通して決まった夫婦だと思っていたらしく、話を聞いて頭を抱えていた。彼らからもお金をもらっており、引っ越し作業はほとんど終わっている。

だから諦《あきら》めてくれ。あんたには悪いが前払い金は返すからと、半ば強引に膨らんだ封筒を渡された。

私は婚約者だけでなく、引っ越し先さえも失ったのである。

家に帰ると鳥さんに挨拶もせず、シチュー作りに取り掛かる。明日の昼と夜は他のものを作る予定だったが、それらの材料もシチューに入れていく。野菜がやけに多いそれをグツグツと煮込む。火を消した後、キッチン脇《わき》に置いてあったワインに手を伸ばす。リビングに移動するのも面倒で、キッチンで立ったままグラスいっぱいのワインを呷《あお》る。

「酒でも飲まなきゃやってらんないわよ！」

「チチチ」

先ほどからずっと様子を窺《うかが》っていた鳥さんだが、私の肩に乗って慰めてくれる。鳥さんの優しさは嬉しいが、私の気持ちが癒えることはない。限界だった。

「レオノスも大家さんもお金お金って。お金払えばいいってもんじゃないのよ！　時間は帰ってこないし、思い描いていた未来は泡のように消えて。幼馴染に子どもが出来たって聞かなかったら私とそのまま結婚していたの？　私が不動産屋に駆け込まなかったら私は住むところがなくなっていたってこと？　ああ、もうイライラする！　同僚達だって、何年同じ仕事してるのよ。確かに私の方が長くいるけど、やることは教えているし、ちゃんと教育係の仕事しなさいよ。大体、婚約破棄されたばかりの同僚を寄ってたかって囲むってどうなの⁉　同じ失敗をしないようにって、私はもう失敗したからいくらでも傷つけていいと思っているの？　吐き出してスッキリはしたけど、それ以上に傷ついたわよ！　こんな時こそジュリアス様の姿を見て元気をもらいたいのに、臥せっていらっしゃるなんて……。仕事は認めてもらえても、婚約者も住む場所も失って。私、この先どうすればいいのよー!!」

一度溢《あふ》れた不満は洪水のように溢れ出していく。手の中に残ったのは空になったグラスだけ。出来上がったシチューは一人分には多すぎる。二日かけても食べ切れるか怪しいほど。少し前まで思い描いていた未来とは正反対の姿にボロボロと涙がこぼれた。再びワインに手を伸ばす。

「瓶が空になったら、全部忘れられればいいのに」

けれどワインをグラスに注ぐことは叶わなかった。背後から私を包み込んだ何者かの手がグラスをふさいでしまったから。

「大事な時に姿を見せられなくてすまない。けれどどうか私のことを忘れないで欲しい」

耳元で囁《ささや》かれるのは聞き覚えのある声。振り返らなくても分かる。私の大好きな、忘れようと何度も思った人の声。

「ジュリアス、様？　なぜ、あなたが」

「君が泣いていたから」

私に都合のいいセリフに笑みがこぼれた。振り返れば想像通りの人と目が合う。だが現実の彼とは少し違う。前髪の一部が分けてもらった花のように鮮やかな黄色になっている。

「鳥さんと同じ色。……ワイン一杯で酔っちゃうなんて私、よっぽど疲れてたんだな。だって鳥さんが人の姿になるなんてあり得ないもの。でも嬉しいな、ありがとう」

鳥さんがジュリアス様になってくれるとは、なんて優しい夢なんだろう。そう。夢なら――。

「一緒に夕食はいかがですか？　シチューを作ったんです」

「ああ、いただこう」

二人分のシチューをよそい、リビングへと向かう。パンは鳥さんの好物でもあるくるみパンとバケットを用意した。ジュリアス様は嬉しそうにニコニコと笑っている。

「好きなだけ食べてくださいね」

「美味《うま》そうだ」

「ジュリアス様とお食事が出来るなんて夢のようです。あなたとの時間はもう手に入らない宝物のようなものだと思っていたから」

「私にとってもそうだ。あの時間は本当に大切だった。食べ物の話をする君はとても幸せそうで、あの時間が終わった後もケーキを食べる度に君を思い出していた。これからもしばらくかぼちゃを見る度に君を思い出すんだろうな。二種類のかぼちゃのタルトは私も食べてみたい」

　ふふっと優しく笑われたのが恥ずかしくて、むくれたように頬を膨らませてみせる。

「食べることが好きなんです。でも今幸せなのは、ジュリアス様と一緒に食事をしているからですよ」

「私も、また人の姿で君と話すことが出来て嬉しい」

　人の姿で、なんて、鳥さんなのに不思議な言い方をするものだ。だが現実ではジュリアス様とお話をすることは出来ない。折角の機会だ。今まで伝えられなかったことをここで話してしまおう。

「あの時は、王子様と知らなかったんです」

「私も騎士見習いと勘違いされていることに気付いていて、名前を明かさなかったんだ。あの場所では、私は王子ではないただのジュリアスとして会話を楽しむことが出来たから。こうして受け入れてもらえて嬉しい」

「私も嬉しいです。……幸せな気持ちにさせてくれてありがとう」

温かな気持ちで胸が満たされていく。鳥さんに癒されている時と似ているようで、少し違う。

ふと、もらった花を荷物と一緒に置いたままであったことを思い出した。ジュリアス様の好きな黄色い花。瓶に生けてテーブルの真ん中に置くだけで少しだけいつものリビングが華やいだ。

「綺麗《きれい》だな」

「ジュリアス様は黄色い花が好きだから、庭師から分けてもらったんですよ」

「そうか、私のために」

彼は恥ずかしそうに頬を掻《か》く。持って帰ってきて良かった。急だったのに、多めに持たせてくれた庭師に感謝する。今度何かお礼をしよう。

夢のような時間に揺られていれば、徐々に瞼《まぶた》が下りてくる。夢が終わる合図のよう。目が覚めればシチューはすっかり冷めてしまっているはずだ。量だってたんまりと鍋一杯に残っている。嫌でもこの幸せな時間が夢だったと自覚させられる。

「カミラ？　どうかしたか？」

「まだ寝たくない。まだジュリアス様とお話がしたい」

「ああ、さっき酒を飲んだからか。酒は強くないってこの前言っていたもんな。ここ数日、疲れることも多かっただろう。眠かったら無理せず寝ていいんだぞ」

「でも眠ったらジュリアス様はいなくなってしまいます」

「未婚の女性の家に恋人でもない男が泊まるのは何かと問題があるからな」

「問題なんてないです。ここにいて？」

必死で眠気に抵抗して、ジュリアス様の袖《そで》をギュッと握る。彼の頬は酒を飲んだように赤らんだ。

「後悔しても遅いぞ」

ジュリアス様は真面目な顔をするが、これは夢だ。目が覚めたら、彼はいない。冷めたシチューを食べながら今後のことを真面目に考えるから。それまではどうか夢を見させて。

「大丈夫。後悔なんてしませんよ」

「分かった。ソファと毛布、借りるぞ」

「私がソファで寝ますから、ジュリアス様はベッドをどうぞ」

「それはダメだ！」

強く否定する彼が面白くてケラケラと笑ってしまう。そのうち限界に達したようだ。テーブルに溶けるように眠りの世界に落ちていった。


日の光に照らされ、ベッドの上で朝を迎えた。てっきりキッチンで転がっていると思っていたが、寝ぼけてベッドに入ったらしい。風邪はひいていないが、飲めない癖に酒を一気に呷ったせいで頭が痛い。時計の針は普段の起床時間よりも遅い時刻を指している。今日が休みで良かった。それでも昨日の記憶はちゃんとあって、あの思い出があればこの先も前を向ける。

日常に戻る第一歩は鳥さんのご飯から。

「遅くなってごめんね」

謝りながら巣を覗き込むが、鳥さんの姿はない。他の場所も見て回ったが、見つからない。代わりに、本来この場にいるはずがない人がソファで眠っている。

ジュリアス様だ。髪の色は昨晩と同じ。黄色が交じっている。

「昨日のあれって夢じゃなかったの!?」

パニックになっていると、ジュリアス様が目を覚ました。まだ少し眠そうで「おはよう。良い朝だな」と言いながらもうつらうつらとしている。しかも普段はこんな朝早く鳴るはずのないベルまで鳴って、混乱が加速していく。

「落ち着け、私。不動産屋かもしれないし、早く応対しないと」

そう自分に言い聞かせ、ドアを開く。立っていたのはリリスさんだった。冷たい風に吹かれて、不動産屋はまだ営業時間前だったと冷静になる。だがパン屋は出張販売なんてしていない。そもそも彼女に住所を教えた記憶はない。なのに彼女はパンとジャムの入ったバスケットを持っている。

「おはようございます、カミラさん。朝早くにごめんなさい。昨日の夜に魔法が解けたみたいなんですが、あの子、まだ城に帰ってきていないから心配で……。こちらにお邪魔していませんか？」

あの子って誰のこと？　疑問に思っていると、私の後ろからジュリアス様が顔を出した。

「アマリリス？　君がなぜここにいる」

「全くいつまで寝ぼけているのよ、ジュリアス。しゃんとしなさい。カミラさん、少しのんびりした子でごめんなさい。悪い子じゃないんです。では姿を確認出来たことだし、私はこの辺で。またパンを買いに来てくださいね。お待ちしていますから」

なぜリリスさんが私の家を知っているのかとか、ジュリアス様とはどんな関係なのかとか聞きたいことはたくさんある。けれど彼女は私に質問の隙を与えず、バスケットだけジュリアス様に渡して去っていった。……ご丁寧にドアまで閉めて。

「えっと、これは……」

私が目をぱちくりとさせているうちに、ジュリアス様の目は覚めたらしい。少し恥ずかしそうに頬を掻いている。

「だから後悔しても遅いと言っただろう？　途中から夢だと思い込んでいると気付いていて、話に乗った私も悪いが」

リビングへ行くように促され、席に着く。ジュリアス様はなぜか立ったまま話を始めようとしたので、椅子《いす》を勧める。

「それで、リリスさんとの関係は……」

初めに聞くべきことは他にもある。だが口から真っ先に出たのは、先ほど彼女に聞くことが出来なかったこの質問だった。伊達《だて》に初恋をくすぶらせてはいない。

「彼女はアマリリス。我が国が抱える魔女だ」

その言葉を皮切りに、ジュリアス様は王家と魔女の関係について打ち明けてくれた。

魔女が導き、時には不思議な力を貸してくれるおかげでこの国は繁栄してきたらしい。何度か似たような話を耳にしてきたが、王家に仕える魔女の正体がリリスさんだとは思わなかった。直接見たことはないが、老女だと聞いていた。結びつくはずがない。ましてやパン好きが高じてパン屋で働いているなんて……。私の中にあった魔女のイメージが一気に変わっていく。

リリスさんこと魔女・アマリリスは主に占いという形で力を貸してくれるが、どうしても告げられた未来を受け入れられない時がある。姫様のご病気がそうだった。幼い頃から身体が弱い彼女だが、五年前、死の危機に瀕《ひん》していたそうだ。占いによれば数日後にはこの世を去る。そういう運命だった。

けれどジュリアス様はその運命を変えたくて、魔女の不思議な力に縋《すが》った。魔女に頼み事をするには相応の対価が必要となる。占いの時のようにお金や宝石などではない。もっと大きな、代償とも言えるものを払わなければならない。人ならざる者の力を借りるとはそういうことなのだ。

どうしても妹を助けたかったジュリアス様は、代償を払う決心をした。代償は数日間の自由と、妹と同じだけの苦しみだった。妹を助けることに必死で、構わないと頷《うなず》いた直後、鳥の姿になったそうだ。人と言葉を交わすことも叶わぬまま城の外に出されてしまい、飛び方も分からず迷っていると猫や他の鳥に襲われてしまった。

「傷だらけになってから、本当の意味での命の重さを知った」

まだ状況を呑《の》み込めたわけではない。だが彼は真面目な顔をしている。嘘を吐いているようにも、私をからかっているようにも見えなかった。

「五年前、意識が薄れていく中で私が願ったのは、もう一度カミラと話すことだった。助けてもらったあの日、また君の優しさと温かさに触れ、ますます惹かれていった」

鳥さんの正体はジュリアス様だったのだ。

「今回は何を願われたのですか」

「君が幸せになれるように、と。十日前、アマリリスが私の元にやってきて、カミラが婚約破棄される未来を見たと教えてくれたんだ」

パンを注文するよりも前から彼女には全て分かっていたのか。知っていたから深くは聞かず、良いことがあると教えることで励ましてくれた。

「それでその……鳥の姿を悪用するつもりはなく、ただ君を励ましたかっただけなんだ。本当は遠くから姿を見るだけで良かったのに、気付けば弱ったフリをして部屋に転がり込んでいた。今回の代償は鳥の姿だったから、悲しむ君の近くにいるのに、幸せを願うことしか出来なかった」

「そんなことないです！　私、鳥さんが、ジュリアス様が来てくれて嬉しかったです。昨日の夜だって、夢だと思っていたけれど、それが真実であったとしても素敵な記憶であることは変わりません。……ジュリアス様が私の幸せを願ってくれたように、私もジュリアス様の幸せを願っていますから！」

「寂しいことを言わないでくれ。私はもう、君と距離を置きたくない。あの頃のように後悔したくないんだ」

「え？」

「他の男と一緒でも、君が笑ってくれるならいいと思っていた。けれど今は、もっと君と親しい関係になりたい。君が私を想ってくれていたと知って、欲が出たんだ。私なら、君の手を離したりしない。

私の隣で笑っていて欲しい」

ジュリアス様の言葉で、自分の失態に気付いた。鳥さんにも昨日の彼にも、隠していた思いを打ち明けてしまっていたのだ。今さらながら恥ずかしさで顔が赤くなる。

「先ほどアマリリスが持ってきたバスケットにかかっていたハンカチは母のものだ。陛下からも好きな女性と結婚して欲しいと言われている。二人とも、私に忘れられない相手がいることに気付いていたんだ。妹なんてどこで情報を仕入れたのか、カミラのことを知って応援してくれた。だから身分を理由に反対されることはない」

バスケットに視線を向ければ、確かに王妃様が刺した刺《し》繍《しゅう》がある。真新しく、非常にシンプルな図案なので普通の使用人なら見逃してしまうかもしれない。だがもう何年も洗濯を任されている私がそれを見間違うことは許されない。一目見れば分かってしまうことさえも計算尽くだったのだろう。レイラから聞いた話を信じるのなら、王妃様は私という存在を認識してくださっているようだから。

ジュリアス様は優しく笑いながらも、逃がさないと暗に告げていた。昨晩の『後悔しても遅い』という言葉の本当の意味を理解した。けれどこれは結婚直前で捨てられた私への優しさであることも理解している。

この数日、鳥さんにはたくさんの話を聞いてもらっていた。愚痴も彼への気持ちも。私が『幸運のもふもふ』に祈ろうとしたのは、ジュリアス様の回復と鳥さんと一緒に過ごす日々。彼はこの二つを叶えた上で、前に進めるよう、手を引いてくれるというのだ。

「このハンカチを母に返すために、一緒に城に来てもらえないだろうか」

「その言い方はズルいです」

「私としては伴侶《はんりょ》として来てくれるのが一番なんだが……」

「恋人の段階は飛び越しちゃうんですね」

「途中で他の男に取られたらたまらないからな。この世でただ一人、君だけを愛している」

差し出された手を両手でしっかりと包み、今度は真っすぐに思いを告げる。

「私も頑張り屋で負けず嫌いで、少しだけ無理をしちゃうようなジュリアス様が好きです」

やはり鳥さんは私にとっての『幸運のもふもふ』だったのだ。だって婚約破棄をされた私に新たな幸せを運んできてくれたのだから。

気弱なふりをしたら騎士様の監視がつきました

佐《さ》槻《つき》奏《かな》多《た》
ill. 椎《しい》名《な》咲《さ》月《つき》

「みっともないったらないわ！　ファリナ嬢。息子との婚約はなかったことにしていただきます！」

怒りの形相でポートラン公爵夫人が言い捨て、豪華な紫のドレスの裾《すそ》をゆっさゆっさと揺らしながら私から離れていく。

舞踏会場の中、取り残された私は、床に座り込んだままうつむいて肩を震わせる。

亜麻色の平凡な髪色に灰色がかった緑の瞳《ひとみ》の平凡な娘が打ちひしがれていても、全く絵にならないとは思う。でも、私は目的のために、綺麗《きれい》なライムグリーンのドレスがしわになることも気にせず床に膝《ひざ》をついて、泣く振りをして顔を覆ってみせた。

そんな私を見て、周囲はひそひそとささやき合う。

「まともに受け答えもできないほど気が弱いなんて」

「挨拶《あいさつ》も『あっ』とか『ええと』とかしか言えなくて、子供っぽくてみっともなかったわね」

「誰《だれ》に対しても怯《おび》えてばかりで、大貴族の夫人に相応《ふさわ》しくなかったし、婚約破棄されるのは当然よ」

噂話《うわさばなし》を耳にして、私は口元がニヤけそうになる。

未来の姑《しゅうとめ》の予定だったポートラン公爵夫人に婚約破棄を言い渡された上にそれが重なれば、私の悲願は達成されるはずだ。

――なにせ、私は結婚したくない。

幼い少女だった頃《ころ》、初恋の相手にさんざ貢がされたあげく「俺《おれ》と付き合えただけでありがたいと思えブス」と捨てられて以来、もう恋などしないと決意。

その後、結婚した女性達は同じようにひどいことを言われる人が多いと知った結果、その決意はさらに固くなったのだ。二度とブスだなんてののしられたくないもの。

とはいえ今回の婚約は断れなかった。なにせ公爵家からの打診だったため、お父様が飛びつくようにして返事をしてしまったから。

しかし私は、ミハイル公子だけはダメだと、対面した時に直感した。

彼はどこへ行っても人目を引くだろう、眉目《びもく》秀麗な金髪碧眼《へきがん》の貴公子だったのだ。

(他《ほか》に気に入る女性ができれば、すぐにみすぼらしい私なんて邪魔になるはずだわ)

偏見だろうと、そういう恐怖がぬぐえないまま結婚しても不幸になるだけだ。それに、パーティーでも沢山の女性達に囲まれているので、あながち偏見とはいえなくなりそうだし。

そもそもミハイル公子は、家柄から容姿まで完璧《かんぺき》なのに、会ったこともない私と結婚しようとするのがうさんくさい。何か裏があるはずだ。

しかも姑になる公爵夫人が、強烈なまでに強気な女性だ。そのうえ公爵家の嫁たるもの、自分のように気の強い人間でなければ、と考えている人でもある。

考えた末——私は、気弱なふりをした。

家でも、公爵家への訪問時も、パーティーに出席する時にも、他人に怯える演技を続けたのだ。

結果、公爵夫人の限界が数か月で訪れ、無事に婚約破棄できたのに。

「母上！　ファリナ嬢もまだ慣れていないだけです。どうかご再考ください」

ほっとしていたのに、邪魔が入ってしまう。

公爵夫人を止めたのは、ミハイル公子だ。

金髪碧眼の見目麗しい貴公子が、自分の母親に懇願している。パーティーに来ていた衆目の前で婚約者を庇《かば》うなんて……と、周囲の人々がミハイル公子のことをほれぼれと見ていたけれど。

（余計なことしないでぇえええ！）

私は血の気が引く思いだった。

（どど、どうすれば）

必死に考える。公爵夫人が息子の懇願に屈して、前言撤回しては困るのだ。なにせ息子が『騎士の流れをくむ家の令嬢なら、胆力のあるお嬢さんかもしれないから』とねだって、私との婚約が結ばれたのだ。公爵夫人はおねだりに弱いはず。このまま婚約破棄してもらうには……。

よし、と私はすぐに行動した。

「おやめください、ミハイル公子……私も公爵家にはふさわしくないのではと思っていて……むしろほっとしました。ですから……お世話になりました」

少し微笑《ほほえ》んで一礼し、はしたなくも走ってその場から逃げる。

勢いのまま一気に家まで逃げた私は、「完璧！」と喝采《かっさい》を上げた。

「これで安心。婚約破棄を宣言した公爵夫人と、それを受け入れて泣きながら帰った令嬢って噂が広まれば、公子ががんばって庇ったところで、よりは戻せないわ」

それにあの場で公爵夫人がすぐに言を翻《ひるがえ》すなら、私を試しただけだとか、いろんな言い訳ができる。でも一日経《た》ってからでは、『公爵夫人が間違った』という印象を周囲に与えることになるのだ。

自分が悪いことをしたと思われるのは、あの気が強い公爵夫人には受け入れられないでしょう。

評判が落ちることを考えれば、息子のおねだりにも屈しないはず。

その日の私は、久々にぐっすりと楽しい気持ちで眠れたのだった。


それから一週間。

私は「婚約破棄のショックで……」と嘘《うそ》をついて、部屋でゴロゴロ過ごしていたのだけど、急にお父様から呼び出しがあった。

婚約破棄のことは、公爵家からの通知が来た後だし、一体なんだろう。

首をかしげつつお父様の執務室へ入った私は、そこで目をまたたく。

黒檀《こくたん》の机に向かうお父様というのは、いつもの光景だけど、その横に見知らぬ青年が立っていた。

銀の髪に青い瞳の美しい人だ。男性にしておくのはもったいないぐらい。ミハイル公子よりも、鑑賞物としてこの青年の方が私の好みだったけど……まさか、次の婚約者候補？

「おはようファリナ」

「お父様、おはようございます……、その方は？」

恐る恐る尋ねると、お父様が意外なことを告げた。

「お前に護衛の騎士をつけようと思ってな」

「……え？」

護衛の騎士。領地を持つ大貴族なら自ら騎士を抱え、彼らは平時には領主家族の護衛を担うこともある。けど……。

（うちはイノシシ退治や山賊退治のための兵士はいても、騎士までは必要ないわ）

そんな家の娘に、護衛？　お父様は何を考えているのだろう。

「先日の婚約破棄の話は残念だったが……。私の子供はお前一人だ。こんなにも気弱なままでは、婿をとらせるわけにもいかない」

「あの、後継者は……従兄《いとこ》もおりますでしょう？　私には、荷が重すぎて……」

怯えた態度で、さりげなく後継者を従兄に押し付けようとしたが、お父様はがんとして首を横に振った。

「だめだ。あいつは先日、友人の妻と不倫したあげく駆け落ちした」

（何してるのぉぉぉ！）

平凡にしておけば伯爵家の家督を得られたというのに、どうしてこんな時に従兄は不倫駆け落ちなどしたのか。

私は叫びたいのをぐっと我慢し、うつむく。

「なんとしても、お前の気弱さ……特に異性を怖がる状態を治すため、護衛騎士という形で他人と関わる訓練をするのだ。それに彼——ルーベルトは修道騎士だ。他の婚姻話が来るまで、お前の身の清らかさを証明するためにも、ふさわしい人選だ」

修道騎士は、修道会所属の騎士団の一員だ。修道士でもあるので、女性の護衛をさせるには最適と言えるかもしれないが。

（私の演技がお父様にバレちゃう！）

私は長らく領地にひっこんでいたので、お父様と会う機会が少なかった。だからお父様に会う時だけ気弱な演技をしていたので、お父様はそういう性格だと誤解してくれているのだ。

でもルーベルトの前で本性を出せば、たちまちバレる。

血の気が引いた私は、思わずよろめいた。

このまま倒れた方がいいかもしれない。なにせ初対面の男性が護衛になると聞いて倒れるのなら、気弱な令嬢らしく見えるはず。その後はしばらく面会謝絶にして、ルーベルトとも顔を合わせないで済む。その間に対策を考えるしかない。

と思ったが、倒れきる前にルーベルトが私に駆け寄って支えてしまった。

（ぐぬぬ……素早い）

倒れきれなかったことを悔やんでいると、ルーベルトは私を気遣った。

「大丈夫ですか？　ファリナお嬢様」

「だ、大丈夫です。だからその、離して……」

身震いして怯える演技の仕上げに、ルーベルトをちらりと見上げたのだけど。

（あれ？）

どこかで見たことがある人だ、という感覚があった。でも名前に聞き覚えもない。初対面なのは間違いないのに。

疑問に思っていると、ルーベルトがとんでもないことを言い出した。

「やはり状態が良くなさそうに思えます。私が部屋までお運びしましょう」

そのまま私を持ち上げようとしたので、慌てて暴れる。

「そ、そんな！　元気です、元気ですから！　自分で戻りますっ！」

演技ではなく血の気が引いた。そのままなし崩しに護衛らしく部屋にはりつかれては困るわ！

私は急いで自分で立ち上がり、お父様の執務室からよろよろと逃げた。

自分の部屋に駆け戻ったら、メイドのメグがびっくりして目を丸くする。

「どうなさったんですか？　まるで幽霊にあったような顔をしてますよ？」

「だって、だって、お父様が恐ろしいことを計画していたんだもの！　そう、聞いてよメグ！　お父様が私に護衛騎士をつけるって」

「えっ⁉　このオルデン伯爵家に騎士なんて必要なんですか？　お嬢様ったらいったいどこでどなたの恨みを買ってきちゃったんです？」

メグの言葉に、私は苦笑いする。

私に護衛騎士がつくなんて、それこそ恨みを買って殺されそうになる状況しか考えられない。さもなければお父様がわざわざ騎士を召し抱えるわけがないと、メグでさえわかっているのだ。

「でも恨みを買うとしたら、相手はミハイル公子ぐらいじゃないでしょうか」

そのせいでメグは、まだ恨みの線で考えようとしている。

「それはないわよメグ。昨日《きのう》も謝罪の手紙が来ていたでしょう？」

あの婚約破棄の後、三日ごとにミハイル公子から手紙が来ていた。

突然の公爵夫人の決定について詫《わ》びる内容だった。そんなに何度も謝らなくてもいいのにと思う。

私はメグに事情を話した。

「あのね、私が……気が弱いままでは他の所へお嫁に行けないから、護衛騎士という名目で異性を側《そば》に置いて、慣れさせようとしてるらしいのよ」

「伯爵様がですか？」

「ええ……」

うなずくが、メグは半信半疑のようだ。まさか未婚の娘に、護衛騎士という形とはいえ異性を側に置かせるなど、おかしいと思ったのかもしれない。

「でもまぁ、お嬢様の演技はとっても上手ですもんね……。伯爵様も本気で心配になったのかも？」

メグがそう言ったところで、扉がノックされた。

「伺ってまいりますね」

メグがさっと扉に駆け寄る。

しかしうっすらと部屋の扉を開けたところで、ぽかーんとしたまま静止してしまった。そのせいで、訪問者が扉を開けてしまう。

「失礼。お嬢様のお加減はいかがですか？」

ルーベルトだ。

メグはルーベルトを見上げたまま、口元を覆った。……あの顔にやられたらしい。

（メグぅぅぅぅ！）

実のところメグは面食いだった。だからこそ、顔のいい男は危険だという共通認識を持てたので、メグには私が気弱なふりをしていることも事情も教えたのだけど。今回は味方になってくれるかわからない……。一人で乗り切らなければ。

「ま、まだ男の方は怖いんです、だから、今日《きょう》はこれでおしまいにしてくださいっ」

必死に懇願するふうに言えば、ルーベルトは気の毒そうな表情になった。

「心の傷がまだ深いからなのですね。承知しました。また明日《あす》」

ルーベルトは案外大人《おとな》しく引き下がってくれた。

扉が閉められて、私は長いため息をついた。

「お嬢様、あんなに素晴らしい美形を追い返してしまうんですか!?」

メグが心底残念そうな顔をした。

(気持ちはわかるわ。私だって本当は面食いなのよ!)

自分好みの男性だった。だけど顔のいい男は皆危険人物だ。決して心揺れてはならない。

なにせ昔、『好きだな』と言われてコロッと愛の告白だと信じ込み、相手の家へ日参しては、私のせいいっぱいの貢ぎ物としてケーキや彼に合う靴やマントを贈ったりしたのだ。

……全部嘘だったのに。

「彼が私の護衛騎士よ。あの美しい顔を眺めたいがために側に置けば、お父様に気弱さが治ったと思われて、次の縁談を持ち込まれてしまうのよ。だからなるべく側に寄せないようにするわ。諦《あきら》めてちょうだい、メグ」

「承知しましたお嬢様……。私は別口で鑑賞できないか、がんばってみます」

堂々とそんなことを言いながらも、メグはうなずいてくれたのだった。

これでメグが防波堤になってくれる。部屋にはおいそれと入れないだろうし、引きこもっていればいいと思っていたのだけど。

翌日、昼頃からやたらとメグがウキウキしていた。

不審に思ったのだが、ルーベルトの訪問がなかったので安心していた。

でもそれは、ルーベルトが「私に近づきすぎないけれど、護衛を実行できる方法」を編み出したせいだった。

私の部屋の隣、扉を隔てて続く使用人の控室からルーベルトは顔を出したのだ。

「ひっ、そんな、なっ⁉」

悲鳴を上げなかったことを、誰か褒めてほしい。

メグが控室から出て来た後、扉を閉めないのはおかしいと思ったら、部屋の中央に椅子《いす》を置き、こちらをじっと見ているルーベルトと目が合ったのだから。

「突然、隣の部屋にお邪魔して、失礼いたしました。けれど伯爵様から、必ず近くで護衛をするようにと言われまして。多少なりと距離を置きつつも、見守れる場所を提供していただきました」

ルーベルトに視線を向けられたメグは、心なしか頬《ほお》が染まっていた。

（ほだされたわね）

あの顔で頼み込まれて、嫌とは言えなかったのだろう。むしろ「ぜひどうぞ！」と答えた可能性だってある。

　私は必死で、お断りする理由を考えた。

「そんな、いつも見られていると思うと恥ずかしすぎます」

　ここしばらくで習得した身震いをして、顔を伏せぎみにする。これで怯えているように見えるはずだ。

「ではこうしましょう」

　ルーベルトは立ち上がる。一瞬、押し入るのかとドキッとしたけれど、彼は扉のノブを掴《つか》み、うっすらと開ける状態に変えた。椅子に座り直す音がする。

「音が聞こえる状態で、妥協していただけませんか？　あまりに気が弱くていらっしゃるため、いつ自害でもされるかと心配なので……」

（あなたが隣の部屋から出ていけば、私はゆったりのったり生活できて、自害なんて夢にも思わないんですが!?）

　そう言いたくても口には出せない。しかしこれ以上の主張も、気が弱い演技にそぐわないだろう。

　気が弱い人が、自分の要求を通すまで抗議し続けるわけがないので、不審に思われてしまうはず。

　仕方なくそれでうなずくことにした。

「わかりました……それぐらいなら」

　答えてから、そもそもこの状況を作ったのはメグだったと思い、彼女を横目で見る。

　メグはすたすたと私に近づき、とても申し訳なさそうにささやいた。

「お嬢様許してください……。あの顔を鑑賞できる機会を逃したくなかったんです」

一本筋が通りすぎた面食いのメグに、抗議もできず、私はうなるしかなかった。


おかげでその日から、私はルーベルトに監視される生活が始まった。

「そう、監視よこれは」

「私はいつでも振り返れば美形がいるので、幸せな毎日ですよ？」

ほくほく顔で答えるのはメグだ。

部屋にいても聞き耳を立てている騎士がいると思うと落ち着けないので、私は外への散歩を日課にし始めた。外ならルーベルトは少し距離をおいてついてくるので、会話の内容が聞こえにくくなる。部屋の中ではささやき声でもないと本音が口に出せないけど、外なら多少は平気なのだ。

だけどこうして庭を歩いているだけでも、『気弱なお嬢様が外へ積極的に出るように！』『修道騎士様のおかげかもしれない』と何も知らない使用人や、お父様まで喜んでいるのでむかむかしていた。

「悔しいぃぃっ！　どうにかしてあの騎士を修道院へ追い返せないの!?」

顔を手で覆って、周囲に表情が見えないように悔しがる。

「あ、そんなことをすると――」

「ファリナお嬢様、大丈夫ですか？」

メグが最後まで言うより早く、ルーベルトが駆け寄ってきた。

「ひぃっ」

びっくりしつつも、私は気弱な演技を忘れない。怖がってメグに抱き着いてみせることにした。

しかしルーベルトは、そんな私を心配するあまりに、ありがたいお説教をし始めた。

「大丈夫ですか？　気持ちが不安定な時こそ、神におすがりすることを勧めます。そう、神は全ての者を懐に抱く寛大なる方。喜びも悲しみも受け入れ見守るのです。そして子羊達が自らが選んだ試練を潜《くぐ》り抜けられるよう励まし、私達の心を救ってくださるでしょう」

（神が私を救ってくれたことなんてなかったわ！）

心の中だけで私は舌打ちする。そもそもルーベルトのお説教の中にある通り、神は人の不幸を取り除いてくれるわけではない。ただ見守ってるだけ……。

（そんなの、道端に生えてるぺんぺん草にだってできるわよ。見てるだけで、おいおい泣く人に大丈夫と言うだけでいいなら、私だってすぐさま神になれるに違いないわ）

最近、ルーベルトのせいで無神論に磨きがかかってきた気がする。しかし修道士でもある彼にそれを話すわけにもいかない。もっと長々と神のありがたさについて語られるのは嫌だ。

結果、メグが「落ち着いてきましたか？　そちらの椅子でお嬢様にお休みいただくので、騎士様は少しお離れくださいね」と言ってルーベルトを追い払うまで、黙っているしかなかった。

ルーベルトが離れると、ようやく息がつける。

一方のメグは、私を支えるふりをしながらもルーベルトをちらちら見てニヤついていた。

「あれでもいいと思うの？　メグ」

一緒にいると日に何度も神の素晴らしさを説く男なんて、気づまりこの上ないと思うのだが。

「私、言葉の内容は聞いていないですから」

ガン無視することで、メグは幻滅しないように自分を守ったようだ。

本当に顔だけ見られればいいらしい。面食いを貫くメグに脱帽し、私は空を仰いだ。


そんなことが一週間も続いた。

朝からおやすみまでルーベルトが遠くから見ていると思うと、非常に落ち着かない。

しかも最近は、夜もメイドの控室を占拠して護衛することにしたとルーベルトから聞き、私はぐったりとした。

その日も灯《あか》りを消し、メグも退室した後。

隣室から、かすかに身動きする音が聞こえた気がした。

（今日もいるんだわ……）

人が近くにいると思うと、落ち着かない。

寝台に寝転んでみても、まったく眠気がやってこなかった。

ため息をつき、心の中で（外へ出たいなぁ）と私は思ってしまう。

でも外出もできない。外でのびのびしているところを人に見られては困るし、他の問題も最近出てきた。

「こっそり出ようと思っても、ミハイル公子が謝罪したいって訪問してきてたら困るのよね」

先日来た手紙では、『君に直接謝罪したいと思って、館《やかた》の前まで来たんだけど、勇気がなくて……。

だけど君が引きこもっているだけではなく、監視までついたと聞いたよ。もしかしてそのせいで、外に出られないだけかい？』と書いてあったのだ。

ミハイル公子に発見されたら、即バレて、騙《だま》していたのかと怒らせることになる。

公爵家側から婚約破棄を申し出たのだからと、あちらから慰謝料をもらっているというのに、返せと言われるに違いない。

「気晴らしもできないなんて……早く田舎《いなか》に帰りたい」

早くお父様が私のことを諦めて、田舎にある領地の館で暮らせばいいと許可してくれたら。ルーベルトは立ち去るだろうし、ミハイル公子もわざわざ様子を見に来ないだろう。

またのびのびと領地の祭りに参加したり、野山を好きに歩ける。

そのためにも我慢するしかないけど、ルーベルトをなんとかしないと、うっぷんが爆発してしまいそうだ。

「いいかげん、あの騎士に愛想をつかされればいいのではないかしら？」

たとえば愚痴や嫌味を聞かせるとか。

横向きになり、枕《まくら》に頬をおしつけて私は対策を考えてみた。

「嫌味を言われ続けて、疲弊しない人はいないはずよ。敬虔《けいけん》な修道士だろうと、人の世話を焼くのが好きな人でも、限界はあるもの」

ルーベルトを怒らせることにはなるかもしれないけど、気弱さが祟《たた》って、錯乱したとでも言えば黙らせることができるはず。

良い思いつきだと思った私は、ぶつぶつとつぶやき続ける。

「ファリナお嬢様？」

すると、小さな声でルーベルトに問いかけられる。

（かかった）

気弱な令嬢の方から、異性に近づく真似《まね》をしてはいけない。であれば、心配をしたルーベルトが近づくように仕向けるまでだ。

でも気弱な令嬢が、自分から部屋に入ってくれと頼むわけにはいかない。だから様子を見に来たくなるように、つぶやきを続けた。今度は聞かれてもいい内容を愚痴って。

「どうせ私は不美人なのよ。誰にも告白されたこともないし、パーティーで談笑している女性達の輪の中で、私一人だけ声をかけられなかったわ」

王都のパーティーでなら、理由はわかっている。美人だからとかではない。私が避けまくっていたからだ。怯えている人間に誘いかけるのは、そういった相手を眺めるのが楽しい変人だろう。

でも領地の町の祭りにひっそり参加しても、誰も私を気にしてくれない状況は変わらなかった。近くにいた人達は誰かに声をかけられ、いつも私が一人で……。彼女達は知り合いに声をかけられたわけじゃない。初めて会う相手だったと言っている女性もいたのだ。

（思い出したら、みじめになってきたわ）

本気で落ち込んでいると、ふと近くに気配を感じた。

視線を向ければ、いつの間にかルーベルトが枕元近くに立っていて、びっくりして飛び起きそうになった。

（ちょっ、足音も聞こえなかったわ！　静かに近づきすぎ！）

　接近してほしかったけど、こんなに忍ばれるのも怖い。

　私が本気で怯えたのがわかったのか、薄暗い中でも見えるルーベルトの美貌《びぼう》に、謝罪の色が添えられた。

「申し訳ございません。眠れずにいらっしゃるようなので……。何かお悩みがあるのでしたら、お聞きします」

「そんな、悩みなんて……」

　よし、もっと聞いてください。延々と、あることないこと愚痴らせていただきますから！

「先ほどのように、独り言でもいいのです。吐き出した方が心も穏やかになるでしょう」

「でも、聞いていただいても何も解消されません……。だって、私が婚約破棄された過去は変わらないのですもの。そもそも私を気に入って選んでくださったわけではありませんし。……あなたも、お父様に懇願されたから、こんなにも面倒な私の護衛をお引き受けになったのでしょう？　同じように頼まれたら、きっと他の令嬢の護衛もなさったはず」

　愚痴のついでにルーベルトをちくちくと刺す。実際そういう経緯で私の護衛騎士などという監視人になったのだから、反論できないはずだ。

「……私のような者に付き合い続ける必要はありませんわ。世を儚《はかな》んで朝露のように消える気はありません、だから安心して修道院へお帰りいただいて大丈夫です」

修道士の全てがそうではないだろうけど、ルーベルトぐらい自然と口から聖書のお説教が出てくる人なら、修道院で静かに祈りの日々を過ごしたいはずだ。

愚痴に疲れたならお家にお帰り……と思いながら私は言ったのだけど。ルーベルトは意外な反応を見せた。

「そのようなことはありません。あなただからご依頼を受けたのです」

（え？）

驚いてルーベルトの美々しい顔を見つめてしまう。こんなにモテそうな人が、私を気に入って受けてくれたなんてありえない。

今まで一度だって、私を気に入って、恋してくれる人なんていなかったのだから。

「あ……あまりにも哀れだと同情されましたか？　婚約破棄される女なんて」

「同情ではありません。ただ、お救いしたいと私が願ったのです、ファリナお嬢様」

ルーベルトは表情も変えずに言う。私を真《ま》っ直《す》ぐに見つめながら。

「どうしてですか？　私は不美人な方ですし……」

「お綺麗ですよ」

（えええええ？）

耳を疑う。いや、お世辞に違いない！

「綺麗だと言われても……。好きになる気持ちとは違いますでしょう。私は恋されるような美質がないんです、きっと。他の人はどこか美質があって、だから唯一の女神のように扱われるのに……」

領地にいたメイドのぽっちゃりパドマや、そばかすリンジーだって、彼女達を崇《あが》める恋人ができた。私にそんな相手がいないのは、彼女達をうらやむような私が、美しい心すら持っていないからでしょうに。

　しかしルーベルトは否定する。

「そんなことはありません」

「信じられません。慰めてくださっているだけでしょう？」

　言い返すと、急にルーベルトがその場に膝をついた。

　目線が近くなる。恥ずかしさに顔を背けたら……掛布の上に出ていた手を握られる。

「な……」

　何をするんですかと言いかけた私は、思わず振り返って目を見開く。

　ルーベルトが私の手の平に、口づけをしたのだ。

　くすぐったい感触を残し、ルーベルトはすぐに手を離して立ち上がった。

「すみません、出すぎました」

　自分の行動を恥じるように、ルーベルトは慌てて逃げていく。

　そして私は。

「………え？」

　何が起こったのか理解するまで、しばらくかかったのだった。

「どうして……」

二日後、私はまだぼんやりとあの夜のことを考えてしまっていた。

おかげで消灯して寝具の中に潜り込んだ後も、寝付けない。

ただ、こうして思考に沈んでいられるのは、ルーベルトがいないからだ。

そのことにほっとすると同時に、なんだか心がざわつく。

「何も聞けなかったからかしら」

なぜ私の手に口づけたのかを。

だけど尋ねる間もなかった。ルーベルトに修道院から呼び出しがあったそうで、二日間留守にすることになったらしい。朝のうちに出発したようで、ルーベルトの不在の理由はメグに聞いて知ったのだ。

とはいっても、聞いて納得できるかはわからないし、どうしたらいいのかもわからない。

けど、理由を知りたいと思った。

「もし、本当に私のことを気に入っていたとしたら？　……いやいや。きっと騙すつもりかもしれないわ。私の家の資産を使って修道士をやめて、本命の女の子と結婚しようとしているとか、色々考えられるじゃない」

深呼吸して、ありえない想像を打ち消す。

私のことを、心の底から好きなんてありえない。何か理由でもなければ。

「そうよね……ん？」

何か物音がした。ベランダ窓の方からだ。

この部屋は二階だけど、庭を見下ろして涼むことができるベランダがある。

その窓が音を立てたのだ。何かが風で飛ばされてぶつかったのかもしれない。そう思ったのだけど——。


ガチャ、とベランダ窓が開く音がした。

はっとして起き上がってみれば、月夜の空を背景に立つ、元婚約者ミハイル公子がそこにいた。

「なに、どうして……」

ミハイル公子がどうしてそこに？　意味がわからずにいると、ミハイル公子は近づいてくる。

私はとっさに、寝台を挟んで反対側になる位置に下りて立つ。いつでも逃げられるようにしておきたかった。異常事態が起こっているのは間違いないのだから。

ミハイル公子はじっと私を見つめた後、ふわりと微笑んだ。

「迎えに来たよファリナ。この家を出て一緒に僕の家に行こう。僕は君と結婚したいんだ。婚約破棄なんて君も嫌だっただろう？」

「？？？」

ええと。ミハイル公子はもしかして、婚約破棄されて引きこもった私が、まだこの人を恋い慕っていると勘違いしている？　だから駆け落ちしようと忍び込んだの？

そうとしか思えない状況だけど、これは困る。

（婚約破棄されて喜んでいるのに！　いや、これはちょっと悪くない状況かもしれない……）

思わず私は計算してしまう。

今、ミハイル公子の侵入を誰かに知らせたら、色々上手《うま》くいくはずだ。夜に異性が忍び込んだという話が使用人から外へ広まれば、私は結婚相手としての価値がさらに下がる。お父様が必死になっても、まともな結婚相手は現れないだろう。

諦めて、親戚《しんせき》のどこからか新しい当主にする男の子を養子にとるに違いない。

そうと決まれば悲鳴を上げなくては。

「キャア……っ!?」

悲鳴はすぐに消えた。飛び掛かるようにしてミハイル公子が寝台を乗り越え、私の口を塞《ふさ》いだからだ。

しかもそのまま、寝台に押し倒される。拘束のためだとわかったけど、背筋がぞっとする。

ミハイル公子の方は笑顔のままだ。

「どうして、と思った？　突然訪問したせいでびっくりしすぎたんだね、ファリナ。ごめんよ、知らせることもできなくて……。だけど落ち着いて。君を大事に運んで連れていくだけだから」

あきらかにおかしなことを言い出すミハイル公子。

（はぁ!?　絶対嫌なんですけど！　そもそもあなたは『心底うさんくさい』から嫌よ！）

公爵家の何不自由のない美青年が、わけもなく冴《さ》えない伯爵家の令嬢に縁談を持ち込むことがおかしいのだ。お父様は舞い上がって考えもしなかったみたいだけど。

そもそもあの公爵夫人だっておかしかったわ。気が強いのならなおさら、家格の合わない娘を家に迎えようなんて考えるはずもないのに。

やっぱり、何か裏があったのね。

（でもどうしたらいいのかしら。叫ぶこともできないし、逃げることもできない）

いつもなら『誘拐されたら結婚できなくなって万々歳！』とでも思うのだけど、なんだかとても嫌な予感がする。このまま誘拐されたら、とんでもないことになりそう。

そんな私の直感通りに、ミハイル公子は不穏なことを言い出した。

「ふふふ、怯えている君の顔はとても素敵だね。見込んだ通りだ……」

（見込んだって何を？）

知りたいような聞きたくないような気がする。でも、相手の行動理由を知っておいた方がいい。だから現実逃避しそうになりながら、ミハイル公子の言葉に耳を傾けたのだけど。

「ひきこもりの令嬢なら、きっと気が弱いと思っていたんだ。母上には『騎士の流れをくむ伯爵家の女性ならしっかりした人でしょう』と嘘をついて婚約したんだけどね。僕の一挙手一投足に怯えてくれる人なんてそうそう見つからないよ。絶対に離さない……」

ミハイル公子の口から、ふふふと笑い声がもれる。

一方の私はぼうぜんとした。

（この人、まさか、気が弱い令嬢が好みだったの？）

気が弱い演技をしたことで、ミハイル公子が私に執着してしまったらしい。

（いえ、気が弱い令嬢が好みというのは、柔らかすぎる表現だわ）

「家に連れ帰ったら、君のために用意していた特別な地下室へ閉じ込めてあげようね。それだけで君は怯えて泣くだろう。失神するかな？　それをずっと眺めながら暮らすんだ……」

（変態よ変態！　この人変態だわ！）

ミハイル公子は気弱な女性が大好物で、いじめて怯えさせたいという特殊性癖持ちだったのだ。

なんとか逃げたい。でも体勢が悪すぎて、ミハイル公子の腕から抜け出せない。

「抵抗しないで。ほら、すぐに眠くなるから。休んでいる間に連れていってあげるからね？」

ミハイル公子が何かをポケットから取り出そうとした。

――今だ！

「ムガゴフッ！」

「ぐえっ!?」

一気にミハイル公子の腹を蹴《け》り飛ばした。予想外の攻撃に、彼はあっさりと床に倒れる。

「え、何、何が……？」

自分に何が起きたのかわからない様子のミハイル公子だったが、それでものろのろと起き出す。

私は立ち上がり、叫びながら走り出した。

「誰か！　助けて！　……わっ！」

なのに走り出してすぐ、私は何かにぶつかった。柔らかくはないけど、固すぎもしない。けれど自分より大きい……人？

見上げるより先に、私はその腕に抱えられた。

（あ、なんか守ってもらえてる感じがする）

もう大丈夫だ。助けてくれる。ほっとした私にその人が言った。

「大丈夫ですか、ファリナお嬢様。遅れてすみません」

ルーベルトだ。

今日はまだ帰って来ないはずなのに。どうしてここにいるの？　尋ねたいけど、さすがに不審者に襲われたショックで、上手くしゃべれない。

「あの、あの……」

どうしてここにいるの？

「用事が早く終わったので、戻りました。そしてアレが、不審者ですね」

簡潔に聞きたいことを話してくれたルーベルトは、剣を抜いて切っ先をミハイル公子に向けた。

立ち上がっていたミハイル公子は、信じられないという目で私を見ている。

「どういうことだいファリナ。君は僕と婚約していたはず……」

「婚約は破棄されたでしょう！　そもそも私はあなたと結婚する気はなかったわ！　そのために気弱な演技までしたのに、変態だったなんて最悪！」

私は本性丸出しでミハイル公子に怒った。

「錯乱しているのかいファリナ？　婚約破棄されたショックなんだろう？　そのせいで引きこもっていると聞いたからね。だから僕と一緒になろう」

人の話を聞いちゃいない。こんな変態をどう諦めさせたらいいのか。

「このままじゃ、牢《ろう》に入っても脱走してきそうだわ……」

恐ろしい想像をしてしまった私だったが、ルーベルトがとんでもないことを言い出した。

「ファリナ嬢との結婚なら、もう私とすることに決まっているので」

「……は？」

ミハイル公子がぽかんとした表情になる。

私も同じようにびっくりしたけど、心の中では『ミハイル公子に私を諦めさせるチャンスだわ！』と感じた。とっさにルーベルトの言葉に乗る。

「そうよ、私は彼と結婚の約束をしたの！　あなたみたいな変態はお呼びじゃないわ！」

しかしミハイル公子も諦めない。

「そいつは格好からして修道騎士だろう。修道士とは結婚できないんだぞ!?」

するとルーベルトが当然の顔をして告げた。

「また貴族に戻るだけだ」

「修道騎士になるような人間に、還俗するための寄付金が払えるはずがな――」

「元々戻る予定だった。だから問題ない。ファリナ嬢のお父上も、私のことについてはご存じだ」

そこまでルーベルトが言ったところで、バタバタと駆けつける足音がした。

「お嬢様大丈夫ですか！」

メイドと伯爵家の警備をしている私兵達が五人、真《ま》っ青《さお》な顔をしてやってきたのだ。

「不審者だ。捕まえて縛り上げ、王宮へ知らせを。貴族用の牢に入れてもらう」

「か、かしこまりました！」

私兵達はすみやかにミハイル公子を捕まえ、持ってきていたロープで拘束すると、部屋の外へ連れ出してくれた。

ミハイル公子がいなくなって、ようやくほっとする。

と同時に、私はずっとルーベルトに抱えられたままだったことを思い出す。

「あの、助けてくださってありがとうございます。さすがに一人ではあの変態を倒せなくて」

そう言いつつ、さりげなくルーベルトから二歩ほど離れた。

ミハイル公子を罵倒《ばとう》した時点で、この人には私の演技はバレてしまった。だから素の状態でお礼を言ったのだが、ルーベルトは別段驚いた様子もなく受け止める。

「いいえ。遅れてしまい、申し訳ありませんでした。あなたの護衛を任されていたというのに……」

「あなたは今日まで、不在にする予定だったのですから、仕方ありません」

「優しいですね、ファリナお嬢様は。あと……勝手に結婚相手だと言って申し訳ありませんでした。驚いたでしょう」

「いいえ。むしろごめんなさいね、あんな変態を諦めさせるために、嘘までつかせて……」

ドキッとしたけれど、こうして謝るのは、あの結婚話が口から出まかせだったからだ。気にしないでと続けようとしたけど、ルーベルトが口をはさんでくる。

「私は、完全な嘘をついたわけではありません。結婚ができるなら、そうしたいと思っています」

「え……？」

私の耳がおかしくなったのだろうか。

うざったいぐらいすぐに怯える女の振りをしていた私と、結婚したいと思ったなんて、まさか。

「でも私、あなたとは先日初めて会ったばかりで。もうわかっていると思いますけれど、ずっと気弱な令嬢のふりをしてたんです。だから……もしお淑《しと》やかですぐ倒れそうになったり泣き言を口にする女性が好みでしたら、申し訳ありません」

一応騙していたので、謝る。もし恋したのが演技をしていた私なのだとしたら、諦めた方がいいですよと説明しつつ。

（これできっと、ルーベルトは思い違いに気づいて、前言撤回するわ）

私はそう思ったのに、ルーベルトは違った。

「いいえ、あなたの性格は存じております。実は五年前から……あなたのことが気になっていましたし、恐ろしく気弱な方ではないと知っていました」

「五年前？」

この人に会ったことがあるだろうか？　私は必死に思い出そうとする。どこか見覚えがある気がしたものの、やっぱりルーベルトという人物の記憶はない。

「正式にお会いしたことはありません。私の方が一方的に見ていただけで……。あの頃のあなたは、従兄のアンドレアといつも一緒にいました」

「アンドレアって、え、ええええ!?」

それは私を振った最低男の名前だ。そのアンドレアを従兄というのなら、彼は親族なわけで。

「え、あの人の従弟《いとこ》？」

　聞くと、ルーベルトはさっと一礼して名乗ってくれた。

「私の正式な名前はルーベルト・ヴァレア」

「ヴァレア……ああ、なるほど、ヴァレア公爵家の方だったの」

　アンドレアはヴァレア公爵家の親戚だった。だから親族の家をルーベルトが訪ねて来ていて、私のことを見かけたのだろう。私はよくアンドレアの家を訪問していたから。

「あの時のあなたは、アンドレアしか見ていなかった。だから声をかけることもできずにいるうちに、父の方針で修道騎士団に籍を置くことになって……。あなたと会える機会はなくなりました」

「それで、私はあなたを知らなかったのですね」

　ルーベルトを見たことがあると思ったのは、かすかにアンドレアと顔立ちが似ている部分があったからだろう。納得した。

「でも、気になっていたって……。従兄が変な娘と付き合っているとお思いだったのでは？」

　アンドレアは私を大切にはしていなかった。付き合っていると言っても、私から会いに行き、ほとんどアンドレアの家の庭を一緒に眺めるぐらいだったのだ。

　あんなのを見られていたのかと思うと、恥ずかしくなる。

「そんなあなたが、アンドレアにひどいことをされたと聞きました。領地にひきこもっていらっしゃると聞き、今度こそあなたに正面から会いに行こうと思っていたのですが……。その前にあなたの婚約が決まってしまった」

振られた後、私は領地から王都へ出なくなった。

アンドレアと顔を合わせることになったら、みじめだったからだ。そのままではいけないと、結婚相手を探していたお父様が話を持って来たのが、ミハイル公子との婚約だったのだ。

「婚約が決まったと聞き、諦めようと思っていました。けれど婚約破棄の話に驚いて……。失礼ながら、すぐにあなたのお父様に話を持ちかけたのです。お嬢様の人への恐怖感を改善するお手伝いをさせていただけませんか、と。あなたのお父様が『こんなに気弱で公爵家に嫁入りしても大丈夫だろうか』とこぼしている噂は聞いていたので」

ルーベルトはやや恥ずかし気に付け加える。

「どうしてもあなたの側にいて、少しでも私を意識してほしくて、卑怯《ひきょう》な手を使いました」

「卑怯だとは、思いませんよ？」

ルーベルトは、片思いの女性のために一途《いちず》だっただけだ。

その相手が自分だということが、いまだに信じられないけど。

「こんなふうに、あなたに告白することになるとは思いませんでしたが……。あなたにずっと会いたいと思っていましたし、気弱なふりをしてくれている間に、少しでも私に気が向いてくれるように努めようとしていました。もしできるなら、あの不審者に言った通り、あなたと結婚したいと思っています」

だけど再びルーベルトに求婚の言葉を告げられて、私は戸惑う。

そんな私の様子に、ルーベルトはこの日初めて少し笑って言った。

「突然の話で申し訳ないと思っていますが、どうか考えていただけませんか？　今すぐの返事ではなくとも大丈夫です。五年待ったのですから、まだ私は待てますので」

返事は後でもいいと言われた私は、一度こっそり自分の手の甲をつねる。

どうやらこれは、夢ではないらしい。

求婚されたことは、嬉《うれ》しかった。

とはいえ私はずっと、結婚しないつもりだったのだ。騙されるのは嫌だったから。

（でも、ルーベルト様は悪い人ではないし、たぶん気弱な演技に合わせてくれていたんだろうけど、それでもいちいち真面目《まじめ》に神様の素晴らしさを語るようなことしか思いつかない堅物な感じの人だから……逆に私を騙すようにも見えないし。嫌いじゃ……ないし）

そもそも、顔はすこぶる好みだ。だからこそ現実味がない。

告白されているのが自分だという実感が、どうも薄いのだ。

（もう少し、これが現実だと受け入れる時間が必要だわ。それから、考えても遅くないわよね？）

悩んだ結果、私は妙な恥ずかしさを感じつつ「か、考えておきます」と答えた。

でもそれで、ルーベルトは十分だったようだ。

「良いお返事を期待しています」

そう言って彼は、嬉しそうに微笑んだのだった。

待ってください、私もです

瀬《せ》尾《お》優《ゆう》梨《り》
ill. なま

「トリシャ。おまえとの婚約を、破棄したい」

「……えっ？」

婚約者にとんでもないことを言われたトリシャは、思わずひっくり返った声を上げてしまった。

愛用の扇を握りしめたまま硬直するトリシャに、目の前の男——婚約者であるライナルト・ベックマンは冷たい眼差《まなざ》しを向けてくる。

（婚約、破棄……!?）

とんでもない単語を聞いて驚愕《きょうがく》するトリシャとは対照的に、彼女の正面に座るライナルトがどこまでも落ち着いた態度でいることがいっそう、トリシャを驚かせる。

「どういうことなの、ライ！　いきなり、なんてことを——」

「好きな女ができたからだ」

さらっと告げられた理由に、トリシャは言葉を失ってしまった。

トリシャは、ヘリング伯爵の姪《めい》として生まれた。淡い茶色の髪は、暗いところでは栗色《くりいろ》に、明るい場所だと金色っぽく見える。容姿はどちらかというと「きれいめ」系で、藍色《あいいろ》の目は少し目尻《めじり》がつり上がり気味。ややきつく見えがちではあるが、「笑うと一気に可愛《かわい》らしくなる」とよく言われる。

トリシャの父は、兄である伯爵が抱える商会の経営を任されていた。伯父と両親の仲はいいし商会の経営がうまくいっていることもあり、トリシャは身分としては平民だが裕福なお嬢様として育ってきた。実家の屋敷も小ぶりではあるが、王都の東側にある貴族街の中に立っている。

実家の隣は、ベックマン子爵家の屋敷だった。そこにはトリシャと同世代の兄弟がおり、トリシャは物心ついた頃《ころ》には既に一つ年下の子爵家令息・ライナルトと一緒に遊んでいた。いわゆる、幼馴染《おさななじ》みという間柄だ。

それぞれが年頃になるとライナルトは貴族男子の義務として寄宿制の士官学校に通い、トリシャは淑女教育を受けることになった。そのため、隣家ではあるが二人はあまり顔を合わせなくなってしまった。

だが、今から五年前。

士官学校で順調に過ごしている、という噂《うわさ》だけを聞いていたライナルトが屋敷に戻ってきて、父である子爵と共にトリシャの家に来た。そして、「トリシャ・ヘリング嬢を妻に迎えたい」と申し出てきたのだった。

『幸せにします。だから、俺《おれ》と結婚してください』

久しぶりに見たライナルトは、ぴよぴよ泣きながらトリシャの後をついてきていた少年の面影は全くなく、立派な青年になっていた。

茶色がかった赤髪は長く伸ばして首筋で結わえており、目元はきりりとしている。子どもの頃は怪《け》我《が》をした彼をトリシャが背負ってやったりしたのに、今ではトリシャよりずっと背が高くなり、背負ってやれないほど体つきもたくましくなっていた。

そんな十五歳のライナルトが薔薇《ばら》の花束を手にしてひざまずき、顔を赤らめながら求婚してきて……トリシャはすぐにうなずいた。

トリシャは元々、ライナルトに好感を抱いていた。十六歳の成人を間近に控えた彼を見ると、もっと好きになった。

子どもの頃はいつも一緒で、遊んだり勉強したりした。たまに喧嘩《けんか》することもあったが、すぐに仲直りできた。ライナルトが父親である子爵に叱《しか》られて落ち込んでいるときはトリシャが側《そば》で慰めたし——逆にトリシャが泣いているときは、ぎゅっと抱きしめて泣き止《や》むまで寄り添ってくれた。

彼とは好きなものを共有し、楽しさも悲しさも一緒に分かち合った。「おとなになっても、ずっとなかよしでいようね」と、約束していた。

そんな彼とならきっとよい夫婦になれる。そう思って喜んで婚約を結んだ……というのに。二十歳になったライナルトは、彼の方から婚約の破棄を申し出てきた。

（……つまり婚約してから五年の間に、私よりも好きになる人が現れた、ということ……？）

トリシャは、一歩前に出た。

「ライ。あなたは……その女性のことが、そんなにも好きなの？」

「ああ。明るくてよく気が利いて、誰《だれ》にでも優しい。でも実際は繊細で、俺が守ってやらないといけないような人なんだ」

愛《いと》しの君についてすらすらと語るライナルトの薄茶色の眼差しは、本気だ。その眼差しは悔しいことに、五年前に彼の方から婚約を申し込んできたときと全く同じだった。

彼は本気で、その女性に恋をしている。そのために、トリシャとの婚約を破棄しようとしている。

（でも……ライが、本気で言っているのなら……）

トリシャは言葉を探すためにしばらく深呼吸して、やがてからからに乾いた唇を開いた。

「……少し、考えさせてくれる？」

「……いいけれど、あまり待たせるなよ」

最後の最後まで、ライナルトはトリシャに冷たかった。

今日《きょう》のトリシャは、婚約者の屋敷でお茶を飲みながら楽しく過ごす予定だった。茶菓子のクッキーだって、トリシャ自らが焼いてラッピングしたものだったのに……ライナルトのトンデモ発言によって全てが台無しになってしまった。

ライナルトは、「婚約破棄が決定したら、双方の家族に報告しよう」と言っていた。だから、トリシャの方が諾《う》の返事をするまでは家族に相談することもできない。

自邸に帰り、よそ行きのドレスから部屋着用のワンピース姿になったトリシャは、どさっとベッドに倒れ込んだ。

「ライに、好きな人ができた……」

まさに、青天の霹靂《へきれき》だ。

ライナルトは五年前から……いや、子どもの頃からずっと、トリシャのことだけを愛していると思っていたのに。

（でも……心のどこかでほっとしている私が、いる）

ごろんとベッドに仰向けになり、白い天井を見上げながらトリシャは思う。

ライナルトは士官学校を卒業後、家督を継ぐまでの間限定という条件のもと、王城で騎士として働いている。騎士団での仕事に加えて次期子爵として父親からいろいろ学んだり領地に視察に行ったりと忙しい彼だが、多忙な中でもトリシャとの時間を大切にして、十日に一度は顔を見せに来てくれていた。デートに行ったら有名なカフェやブティックに連れていってくれて、贈り物も欠かしたことがない。

ライナルトは華やかな美青年でかつ男らしく、騎士団でも新人騎士の兄貴分として慕われていると聞いた。そんな彼はデートでも率先して動き、トリシャのためにあれこれ心を砕いてくれる思いやりを感じていた。

ライナルトに、尽くしてもらっている。

そのことは、よく分かっていたけれど……。

（私は……ライナルトに、あまりときめかなかった）

それは、誰にも相談したことのない悩み。ライナルトが向けてくれる愛情の十分の一さえ、トリシャは感じ取れていなかったのだ。

お姫様のように扱ってもらえれば嬉《うれ》しいし、道を歩いていてさりげなく馬車から庇《かば》ってくれるところは頼もしい。何度か騎士団に行って訓練風景を見学したが、長い赤髪をなびかせて対戦相手と戦うライナルトは格好よかった。

だが、その程度でしかない。恋愛小説に出てくる「胸のときめき」だとか、「きゅんとする」だとか、「興奮で胸がドキドキしてくる」ということはほとんど経験しなかった。

友人たちとお喋《しゃべ》りをしていると、皆は愛する恋人や婚約者の一挙一動にときめいたり、甘い言葉にクラクラしたりするのだと教えてくれた。

そして皆は、言うのだ。

「トリシャもきっと、ライナルト様の溺愛《できあい》にドキドキしているのよね」と。

ライナルトのトリシャに対する愛情表現は、皆も認めるところだった。「あんな素敵な人に見初めてもらえるなんて、トリシャは幸せ者ね」と、よく言われている……というのに。

最初は、婚約者にときめくことができない自分は異常なのだと思った。他《ほか》の令嬢たちには備わっている大切な何かが抜け落ちているのかもしれない、と考えると恐ろしくなってきて、余計に誰にも相談できなくなった。

だがライナルトに婚約破棄を提案されて、なんとなく分かった。

(私は……自分で思っていたほど、ライのことが好きではなかった……のかもしれないわ)

だから、婚約破棄の言葉を聞いてショックだったが、同時に安堵《あんど》もしたのではないか。

ライナルトはきっと幼馴染みのトリシャと長い時間過ごしていて、恋心を勘違いしてしまったのだ。

だが大人になって社交界に出向くようになった彼はいろいろな出会いを経験して、そこで本当に好きな人を見つけた。

彼が熱心に語るくらい素晴らしい人なのだから……きっと、トリシャなんかよりもずっとライナルトのことを幸せにしてくれるはず。

(私は伯爵家の血筋だけれど所詮《しょせん》傍系の平民で、ライは子爵家の長男。彼が婚約を破棄したいと願い出て、私もそれに応じたなら……伯父様もきっと、強くは出られないわ)

むしろトリシャのことを可愛がってくれる伯父なら、「そんな不誠実な者のもとに姪を嫁がせなくてよかった！」とか言い出しそうだ。

体を捻《ひね》ると、ベッドサイドに置いている小さな額縁が目に入った。そこには、トリシャとライナルトの絵が入っている。確かあれは二人の婚約が成立していて間もない頃、記念に描いてもらったものだ。

「懐かしい……」

体を起こしたトリシャは額縁を手に取り、そっとその表面を撫《な》でた。

(プロポーズを受け入れたときのライ、可愛かった。士官学校の式典服をしっかり着ているのに、今にも泣きそうな顔をしていて……)


——ぞわり。


「……う、ん？」

今、何か胸の奥がざらっとした。

不快感……とまではいかずとも妙な気分になる不快感に、思わず腹部に片手をやった。だが先ほどのざらつきは一瞬のことで、特に体に異常はなさそうだ。

（……今のは、何？　やっぱり体が、疲れているのかしら……？）

今日はいろいろあって、トリシャの体が休眠を欲しているのかもしれない。

そう思い、トリシャは額縁を元の位置に戻し——悩んだ末にぱたんと下に向けて倒してから、ベッドに入った。


その、眠りの中で。

トリシャは、幼い頃のライナルトが「トリシャぁぁぁぁ！」とぴえぴえ泣いている夢を見た。


翌日、頭をすっきりさせるために図書館にでも行こうとしたトリシャは、自邸の門の前で会いたくない人と鉢合わせしてしまった。

「……よう、トリシャ」

「ライ……」

門の前に停《と》めているヘリング家の馬車の横に、ライナルトがいた。騎士団服姿なので、これから仕事に行くところなのかもしれない。

（……でも、ライは愛馬に乗って仕事に行くのよね。近くに馬の姿はないけれど……？）

「……おはよう」

「……ああ、おはよう」

昨日《きのう》いろいろ悶着《もんちゃく》のあった相手ではあるがひとまず礼儀として朝の挨拶《あいさつ》をすると、ライナルトも若干気まずそうな顔をしつつも挨拶を返してくれた。昔から、こういうところは律儀だった。

ライナルトは花柄ドレス姿のトリシャを見て、何か言おうと口を開き——すぐに閉じると、ぷいっとそっぽを向いた。

「……どこかに行くのか」

「ええ、図書館にでも行こうと思って」

「そうか。おまえ、昔から本が好きだったよな」

「ライはあまり好きではなさそうだったわね」

「……別にいいだろ」

つっけんどんな物言いがなんとなくおもしろくなくて、トリシャは彼に詰め寄った。

「何？　本を読む暇があれば昨日の返事の内容でも考えろって言いたいの？　それを言うために、わざわざうちの前まで来ていたの？」

「えっ？　そ、そういうわけじゃない。別に、急ぐわけじゃないし……」

「あら、そう？　でもあなたの愛しの君は、私たちが早く婚約破棄することを願っているのではないかしら？　こんなところでうろうろしているなんて知られたら、きっと悲しまれるわよ？」

意地悪だと思いつつも突っ込んでやると……ライナルトは、顔をゆがめて悔しがるように下唇をかんだ。

——ぞわり。

（っ……また……！）

またあの感覚がしてトリシャが戸惑っていると、ライナルトはちらっとこちらを見てからきびすを返した。

「……ああ、そうだろうな。じゃあ、俺は行くよ」

「ええ、行ってらっしゃい。……それで。あなた、結局何をしに来たの？」

「お、おまえには関係ないだろう！」

至極普通のことを聞いたつもりだったが、ライナルトはかっとなって怒鳴ると足音も荒く子爵邸の方に向かっていった。朝早くから屋敷の前をうろうろされているのに、「おまえには関係ない」はあんまりではないか。

（……よく分からない）

ライナルトの行動も、もちろんだが。

未《いま》だに自分の胸の奥がたびたびぞわっとする理由も、分からなかった。

ライナルトから婚約破棄を提案されて、数日後。

「トリシャ、ライナルト君が来たわよ」

「うっ……」

　自室で書き物をしていたトリシャのもとに足取りも軽くやって来た母が報告したため、思わず苦しい声を上げてしまった。

　トリシャの家族は、娘が婚約破棄一歩手前であることを知らない。まだ、トリシャがライナルトに返事をしていないからだ。

（ついに、「さっさと諾の返事をしろ」って詰め寄りに来たのかしら……）

　気が進まないと思いつつも身仕度を整えてから応接間に下りると、そこにはぶすっとした顔のライナルトがいた。

「遅い」

「あら、レディの仕度の時間に文句を言うなんて、とてもよくおできになった騎士様なことね？」

　文句を嫌味で返してやると、ライナルトは「……うるさい」と不機嫌そうに視線をそらした。


――ぞわぞわ。


「それで？　早く返事をしろ、とせっつきに来たのかしら？」

「まあ、それもあるし……おまえの顔を見にきた」

「あらそう。やっぱり私なんかよりも、愛しの君の方がずっと可愛らしいのかしら？」

「……」

ライナルトが黙った。意外だ。

（「そうだ」とか「当たり前だろう」くらい言うと思ったのだけれど……）

トリシャが目を瞬《まばた》かせていると、ライナルトは小さく咳払《せきばら》いをしてテーブルにあったティーカップを指先で摘《つ》まんだ。

——彼が紅茶を飲むために少し顎《あご》を上に向けたとき、彼の首筋に何かが見えた。

「ライ、首をどうしたの？」

「く、首？」

「そこ、左耳の真下のあたり。赤くなって……」

何気なく手を伸ばしたトリシャは——ライナルトが首を捻ったことで「それ」がよく見えるようになり、はっと息を呑《の》んだ。彼の首筋に見えるものは——赤かった。

「ライ！　あなた、怪我をしているわ！」

「は？　け、怪我!?」

「血が出ているのよ！　ほら、ここ……」

慌ててトリシャはライナルトの上着の詰め襟部分をぐいっと引っ張ったが——

（……これ、血じゃないわ。赤くて、ねっとりとしている……）

「……口紅？」

「……」

「……」

沈黙を肯定と受け取ったトリシャは、じろりとライナルトを見つめる。ライナルトは、いたずらをして叱られる子どものようにこわごわと目線をそらした。

――ぞわっ。


「……あなた、婚約破棄一歩手前とはいえ婚約者の屋敷に行くのに、他の女性の口紅の痕《あと》をつけたままにするわけ？」

「……おまえには……関係ないだろ……」

「関係ないはずないでしょう！　これは、私への当てつけなの!?　自分はこれくらい愛されているのだからさっさと身を引けと言いたいの!?」

「……おまえには関係ないだろう」

また、彼は「関係ない」と言う。言っていることとやっていることと現状が、全く一致していない。

ライナルトにそんな態度を取られると、トリシャもついかっとなってしまう。

「……ええ、そうね！　なかったわね！」

トリシャが掴《つか》んだままだったライナルトの詰め襟部分をぐりっと捻ると、首を絞められることになったライナルトが「ぐえっ!?」と美丈夫らしからぬ悲鳴を上げる。


――ぞわぞわ。

「ぐっ！　お、おい、何をする、トリシャ……！」

「あらぁ、ごめんなさいね。つい、うっかり、手に力が入ってしまったわ」

おほほ、と笑って手を離すと、首輪を付けられるのを嫌がる猫のように首を縮めたライナルトが目をかすかに潤ませ、恨めしそうにトリシャをにらみ上げてきた。


——ぞわ。


襟元を引っ張って正してから、ライナルトは咳払いをした。

「……トリシャ。返事は、いつくれるんだ」

「……近いうちには」

「……早く決断してくれよ。こういうのは、早ければ早いほどいいんだ」

ライナルトは唸《うな》るように言うと、先ほど飲み損ねた紅茶を呷《あお》った。


「早く決断してくれよ」と言われたトリシャは悩んだ末に、次にライナルトの仕事が休みの日を確かめて、子爵邸に向かうことにした。

ライナルトのもとに返事をしに行くのはともかく、両親に報告することを考えると気が重くなる。

ライナルトの浮気が原因なのだから、彼も最大限トリシャのために便宜をはかってくれるだろうが……それでも、「捨てられた女」のレッテルを貼られるのはかなりきつい。

（そのあたりの話も、しっかり詰めないといけないわ）

意を決してトリシャが子爵邸に行くと、使用人たちはにこやかに「坊ちゃんの婚約者のお嬢様」を迎え入れてくれた。

二人がおしめをしている頃からここで働いている使用人たちにとって、坊ちゃんと隣のお嬢さんとの婚姻はとても喜ばしいものだったそうだ。老年のメイドなどは、涙を流しながら婚約を祝福した後「お坊ちゃんとお嬢様のお子様が見られるまでは、辞められません」と笑って言っていた。

（そんな皆の期待を、私たちは……裏切ることになるのね）

何にしても、ライナルトの話を聞かなければ。今日はライナルトの両親である子爵夫妻は不在らしいので、この機会を逃すわけにはいかない。

普通ならトリシャは使用人に呼ばれてライナルトが来るのを応接間で待つものだが、使用人たちは「どうぞ上へ」と促してきた。子どもの頃から二人はお互いの部屋をよく訪ねていて、婚約してからトリシャが「それなりに距離を取るべきかしら」と問うたが、ライナルトの方から「今まで通り、気軽に来てくれていい」と言ってくれたのだ。

第二の実家のような存在の子爵邸なのに、ライナルトの部屋に向かう足取りはとても重い。ため息をつきそうになりながら、トリシャはライナルトの部屋に向かったのだが。

（……声がする？）

屋敷三階にあるライナルトの部屋のドアは少し開いており、そこから男二人の声がした。片方はライナルトで、もう片方はライナルトの三つ年下の弟・リーンハルトのものだった。リーンハルトも昔はよくトリシャと遊んでいたのだが、やがて距離を置かれるようになった。嫌われたのかと思って寂しかったが後に、「兄上がトリシャのことを好いていると分かったから、邪魔にならないようにしたんだ」と教えてもらえたため、トリシャもほっとしたものだ。

兄弟で話をしているのならば下で待とうかと思ったが、リーンハルトの声で「トリシャ」という単語が聞こえてきたため、足を止めた。

「……本気？　兄上はそんな理由でトリシャとの婚約を破棄するつもりなのか？」

「ああ。……これが最良なんだ」

「馬鹿《ばか》言うなよ。そんなことをしても、父上は許さないだろう」

「分かっている。……万が一のことがあれば、おまえに子爵家のことを任せるかもしれない。そのことはすまなく思っている」

「いきなり縁起でもないことを言わないでくれよ！　それに、僕が言いたいのはそういうことじゃない！」

リーンハルトが声を荒らげている。どちらかというとやんちゃ系の兄と違いリーンハルトは物腰穏やかで大人《おとな》しい青年だったので、彼がこんな大声を上げるのはトリシャにとって驚きだった。

リーンハルトの方もかっとなったことを反省したようで、その後は声量が元に戻った。

「トリシャのことだから、兄上がきちんと話をすれば理解してくれるはずだよ。それもせずに勝手に決めるなんて、よくないよ」

「……ふん、どうだかな。気持ち悪い、生理的に無理、と言われてこっぴどくフられるくらいなら……多少の嘘《うそ》をついてでも、離れた方がいい」

（……え？）

悪いと思いつつも立ち聞きしていたトリシャは、今のライナルトの発言に首を捻る。

やり取りからして、リーンハルトは兄が婚約破棄するつもりであることを知っているようだが……それにしては、会話内容がおかしい。

（嘘？　どういうこと？）

混乱するトリシャに気づくことなく、兄弟は話を続けている。

「でも、絶対にトリシャは悲しむよ。それに、婚約破棄した後のことも……」

「大丈夫だ。あいつの方が俺のことを毛嫌いするように仕向けている。きっと俺のことなんてさっぱり忘れて、新しい恋をしてくれるさ」

「そうかなぁ……」

「それにトリシャの今後のことは、陰ながらにはなるが俺も手を回しておく。婚約破棄になったのは百パーセント俺が悪くて、トリシャにはなんの瑕疵《かし》もないってことを皆に知らしめる。それで、俺よりずっとまともな男と添い遂げられるよう手を尽くす」

「それ、トリシャに言ってあげれば丸く収まるんじゃないか？」

「収まるようなものなら、ここまで悩んでいない！」

「兄上って……馬鹿だよな」

「誰が馬鹿だ!?」

いろいろ気になるところはあるが、このままだと兄弟喧嘩に発展しそうだ。

「……今の話、どういうことなの、ライ！」

覚悟を決めてドアを押し開けると、子爵家の兄弟が振り返った。

赤髪をなびかせる兄は体つきががっしりしているが、同じ色の髪を短く切りそろえた弟は体の線が細い。子爵夫妻の顔つきを考えると、兄の方は父親似で弟の方が母親似であるのがすぐ分かった。だが驚いた顔はよく似ており、彼らが兄弟であることがそういうところからも感じられた。

「トリシャ!?　おまえ、聞いていたのか……？」

「ええ。……ライ。嘘って……どういうこと？」

「……」

「……後は当事者同士で話をしなよ」

リーンハルトはため息交じりに言うと、兄に背を向けた。

そしてトリシャの隣を通り過ぎるとき、「うまくやるんだよ、トリシャ」と片目をつぶって言った。

もしかするとリーンハルトは、ドアの前にトリシャがいることに気づいていたのかもしれない。

リーンハルトが去った後、部屋にはしばらく沈黙が漂っていた。だがライナルトが深く息を吐き出して、「座ってくれ」と言ったため、トリシャは彼の向かいのソファに腰を下ろした。

いつも堂々としているライナルトが、数日外に放置された野菜のようにしゅんとしている。

——ぞわぞわぞわ。


「……それで。おまえ、どこから聞いていた？」

「ええと……何かあったらリーンハルトに子爵家を任せる、みたいなところのちょっと前くらいからかしら」

「ほぼ全部じゃないか……」

悔しそうにぼやいて、ライナルトは観念したように大きなため息をついた。

「……だったら、もう分かっているよな。好きな女ができたから婚約破棄したいって言ったのは……嘘だって」

「……そう、みたいね」

まだ信じがたいが頷くと、ライナルトは肩を落とした。

「よそに好きな女なんて、できていない。俺は……昔から、トリシャ一筋だ」

「……ありがとう」

「そこはもうちょっと照れてくれよ……」

「……ごめん。今は他に気になることが多すぎて、照れる余裕はないというか……」

「……すまない」

自業自得だと悟ったようで、ライナルトは気まずそうに謝罪した。

「……それで？　浮気をしたわけじゃないのなら、どうして私との婚約を破棄しようと思ったの？　何かあればリーンハルトに子爵家のことを頼む予定で……しかも、私の今後についても手を尽くすのでしょう？」

「それは……」

ライナルトは少し目を泳がせたが、トリシャがじっと見つめていると白旗を揚げたようで、ポツポツと語り始めた。


ライナルトは、幼馴染みのトリシャのことがずっと好きだった。

士官学校に通える年齢になったら誰よりも真剣に勉学に勤《いそ》しみ、学校で首席を取って卒業後に騎士団に入ることも決まった十五歳の日に、トリシャに婚約を申し出た。

……諾の返事をもらえたときは、本当に嬉しかった。

一つ年上でしっかり者のトリシャのよき夫になろう、と仕事を頑張り、トリシャとのデートでは彼女をリードして、プレゼントや手紙などもまめに贈った。

その日々自体には、不満などは全くない。トリシャの笑顔が好きだし、「ありがとう」「ライは素敵ね」と言ってもらえると嬉しかった。これからもトリシャのために努力し、愛情を捧げていこう、と心に誓った。

……だが彼はあるとき、自身のとんでもない癖に気づいてしまった。

——今から三年前の、ライナルト十七歳、トリシャ十八歳のときのこと。

騎士団に入りたてのライナルトは、公開練習試合にトリシャを呼んだ。トリシャが応援してくれるので必死に戦い、見事三連勝した。

そのとき、タオルを持ってきてくれたトリシャに「トリシャが応援してくれたから、頑張れた」と言うと、彼女は「口が上手ね」と笑って、持っていたタオルでライナルトの肩をぱしんと軽く叩《たた》いた。

——その瞬間、ライナルトの体に衝撃が走った。十数年間生きてきて初めて、体の奥が沸き立つかのような喜びと興奮がどっと噴き出てきた。

トリシャにタオルで叩かれたことが、嬉しかった。ただ、そのときは気のせいだと思った。

だがその後も、たとえばトリシャが「馬鹿！」と軽く胸を叩いてきたときとか。たとえばダンスの練習中に、うっかりトリシャに足を踏まれたときだとか。はたまた、怒ったトリシャににらまれたときだとか。

そういうとき、自分はトリシャの笑顔を見たときや一緒にデートに行っているとき以上の喜びを感じるのだと、はっきり分かってしまった。

だが当時のライナルトはまだ純粋で、騎士団の仲間にこのことについて相談してしまった。恋愛上手な噂のある男だったので、きっとよい助言をしてくれるだろう、と思って。

だがその仲間はライナルトの話を聞くと、ものすごく気まずそうな顔になった。

『あー……なるほど。ライナルトは、そっち系の人間だったか』

『そっち系？』

『被虐趣味……ってやつかな。女の子にいじめられることで興奮する質《たち》だったってことだよ』

彼は言葉を選びながらなるべくやんわりとした表現で教えてくれたのだが……つまるところ、自分のこの性質は「異常」なのだ。

相手はトリシャ限定ではあるが、婚約者に叩かれにらまれ罵声《ばせい》を浴びせられることに喜びを感じる、とんでもない変態。それがライナルトの真実だった。

呆然《ぼうぜん》と涙を流すライナルトに、仲間が「絶対に口外しない。それに、そういう性癖ともうまく付き合っていけばいいんだ」と助言してくれたのがまだ救いだった。だが、トリシャにこのことを打ち明ける勇気は出てこなかった。

トリシャのことが、好きだ。結婚したいくらい、好きだ。

……好きだからこそ、ライナルトは自らありもしない罪を背負って彼女から離れていく方法を選んだ。


「……これではいけないと思った。微笑《ほほえ》まれるより、蔑《さげす》まれる。手を握るより、足を踏まれる。『好き』より『馬鹿』の方が嬉しい。……そんな男では、トリシャを幸せにすることなんてできない。それだけじゃなくて……トリシャに拒絶されるのが怖くて、逃げていたんだ」

数年間積み重なっていた悩みを吐き出したからか、ライナルトの顔色はあまりよくない。

「リーンハルトは、そういうところもひっくるめて言えばいいって言っていたが……はは。こんなの、気持ち悪いだけだよな」

「えっ？　どれが？」

ライナルトの話に聞き入っていたトリシャが思わず問うと、彼は目を丸くした。

「何、って……今俺が話した内容、全部が」

「……」

「と、トリシャ？　あの、気持ち悪いのなら、もういっそそう言ってくれ。下手《へた》に慰められるよりずっといいし……」

そう言いながら、ライナルトはもじもじしている。


――ぞわぞわぞわぞわ！


（……ああ、そうなのね）

ライナルトを見るトリシャの胸の奥で、かちり、と頑強な錠前が開く音がした。

ここ最近の、自分の体の異変。

ライナルトが婚約破棄を提案してきた理由。

それらが、おもしろいくらいきれいに嵌《は》まっていく。

トリシャは一歩ライナルトに近づき、俯《うつむ》くライナルトに声を掛ける。

「ライ。あなたは自分の考えを全部言ってくれたわ。だから私も同じように、自分の気持ちを言うわね」

「うっ……う、うん」

「その前に。……ライ、顔を上げて？」

「えっ……？　いや、今はちょっと、顔を見せたく――」

「顔をお見せなさい」

ぴしり、と命じて手を伸ばし、ライナルトの顎に触れてその顔をくいっと上げさせた。

今にも泣きそうな顔のライナルトが、呆然とした様子でトリシャを見ている。先ほどまでは青白かった彼の頬《ほお》がじわじわと赤みを帯びていき、小さな悲鳴が唇から漏れる。

――ぞわぞわっ！

思いのほか可愛らしい婚約者の悲鳴を耳にしたトリシャは、ゆっくり微笑んだ。

「ねぇ、ライ。あなたは今……すっごくドキドキしている？」

「えっ……あ、ああ……不本意ながら……すごく」

「それ、私も同じよ」

「は？」

「私も、すっごくドキドキしているの」

やっと分かった。

子どもの頃のライナルトがぷえぷえと泣いていたのを思い出したときや、彼が悔しそうにしているとき、真《ま》っ赤《か》になって恥じらっているときや泣きそうな顔をしているときに、ぞわぞわと胸の奥でうごめいていた違和感。

あれは……あれこそがきっと、トリシャにとっての「恋のときめき」なのだ。

「ライ、私はね、いつもは余裕そうなあなたが泣きそうになっていたり、悔しそうにしていたりする顔が、大好きなの」

「……なっ……え、ええ？」

「もちろん、あなたに優しくしてもらえるのも嬉しいわよ？　でも、それより……ちょっといじめてしまいたくなるのよ」

そう言いながら、顎に触れていた手をつつっと下ろして首筋に触れると、ライナルトはあっと小さな声を上げて体を捻った。まるでトリシャの指先から逃げようとしているかのようだが……もじもじしつつも結局離れず、トリシャに撫でられることを享受していた。

「そ、そんな……トリシャが、俺の……？」

「そう。私、あなたと同じような性癖だったみたいなの。……私のことが、気持ち悪い？」

「気持ち悪いわけがない！」

「ありがとう。……婚約は、続けてくれる？」

指先で首筋を撫でながらささやくと、真っ赤な顔のライナルトはぎゅっと目を閉じた後に、おずおずと頷いた。

「継続……します……」

「ふふ、よかった」

ライナルトがいきなり婚約破棄を提案した理由が、分かったことも。婚約が継続すると決まったことも。そして……自分の性癖が分かったことも。

（本当に……よかった）

その後、トリシャはすっかり開き直ったため、ライナルトの首をツンツンと突きながら話をしていた。

「なるほど。前にうちの門の前に来ていたのは、私のことが気になったからで……首に口紅をつけていたのは、私を怒らせるためだった。リーンハルトに子爵家のことを託そうとしたのは、いざとなったら自分は生涯独身でいるつもりだったからなのね」

これまでの彼の奇行を振り返りながらトリシャが言うと、ライナルトは真っ赤な顔でうなずいた。

「そ、その……本当に、すまない。どうすればトリシャに辛《つら》い思いをさせないで済むかと考えて……変なことばかりして、トリシャを悲しませた」

「ううん、気にしないで。……私こそ、あなたに辛い思いをさせてしまったわね」

「トリシャがそう言うことはない！　トリシャは、こんな俺でも受け入れてくれるし……そ、その、婚約も……続けてくれるし……」

「ええ。……こういうのを破《わ》れ鍋《なべ》に綴《と》じ蓋《ぶた》、と言うのかしらね？」

婚約者にちょっといじめられるのが好きなライナルトと、婚約者をちょっといじめるのが好きなトリシャ。

おもしろいくらい相性がぴったりだが破れ鍋に綴じ蓋と言われても文句は言えないし、こんな二人のことをからかう者やそれこそ「気持ち悪い」と言う者もいるだろう。

トリシャの呟《つぶや》きに、むっとしてライナルトが振り返った。

「そんなこと絶対に言わせないし……というか、俺たちの性癖なんてわざわざ他人に教える必要はないだろう」

「知っているのはリーンハルトと……あと、あなたのお友だち一人だけね」

「あいつらは口は硬いから、信用できる。相談に乗ってくれたあいつには今度報告するし……ああ、そうだ。リーンハルトにも散々迷惑をかけたし、謝らないと」

「それなら私も一緒に行くわね。私も当事者だし」

「いい、俺の問題だから」

「私が行きたいの。あなたは『分かった』と言えばいいの」

「……わ、分かった」

それまでは格好よかったのに、トリシャが強気で言うととたんにライナルトはしおらしくなった。

そんなところがたまらなく可愛いと思ってしまうのだから、自分の性癖は大概だし……それくらいライナルトのことが好きだったのだと、今になってよく分かった。

そうして二人一緒に屋敷の一階に下りると、リビングでリーンハルトがお茶を飲んでいた。彼は最初少しだけ警戒したようにこちらを見たが、トリシャとライナルトが手を繋《つな》いでいるのを確認すると一気に表情を和らげた。

「……どうやらうまくいったみたいだね」

「ああ。……すまない、リーンハルト。よく考えずに行動して、おまえにも迷惑を掛けた」

「気にしないでいいよ。でもまあ、僕は兄上が結婚したら家を出て文官になる予定だったし、いきなり未来予想図を書き換えられる羽目にならずに済んでよかったな」

「す、すまない……」

「それで……トリシャ。兄上とは話ができたんだね」

こちらを向いたリーンハルトに問われ、トリシャはライナルトの手をぎゅっと握ってうなずいた。

「ええ。私はやっぱり、どんなライだろうと好きなの。好きだから結婚したいし……好きな人のことは受け入れたい」

「うんうん」

「どうもトリシャも同じようなことを考えていたそうでな。これからはしばしば、俺のことをいじめてくれるそうだ」

「うんう……ん、んんんん？」

「もう、言い方ってものがあるでしょう」

こら、とライナルトの空いている方の手の甲を軽くつねると、彼は一応痛そうな顔はしつつも嬉しそうに破顔し、つねられた箇所をそっと自分の頬に当てた。

最初は状況についていけていなそうだったリーンハルトだが、兄のそんな動作を見て聡《さと》く気づいたようで、「……あー」と思いっきり目をそらした。

「ああ、うん。鞭《むち》で叩かれたいとか縛られたいとか、そういうの？」

「そういうのじゃなくて、もっとソフトなやつだ。……まあ、トリシャになら鞭で叩かれても嫌だとは思わないが……」

「何を言っているのよ。私だってライを傷付けたいわけじゃないんだから、あなたが喜ぶことをたくさんしてあげたいわ」

「トリシャ……！」

「……うん、まあ、なんというか……お幸せに」

仰角六十度を見つめたままのリーンハルトは一気に紅茶を飲むと、「後はお二人でどうぞ」と言って去っていった。

（リーンハルトにも祝福してもらえて……よかったわ！）

ほっと胸を撫で下ろしたトリシャは、「ライ」と婚約者の顔を見上げて名を呼んだ。

「私たち、相性ぴったりよね」

「……ああ。……浮気、絶対にしないから」

「私もしないわ。……ずっと、ライだけよ」

最後の一言は身を寄せて耳元でささやくように言うと、ライナルトは艶《つや》っぽい悲鳴を上げて耳を手で覆ってしまった。

——ぞわぞわぞわ。

ライナルトをちょっといじめるたびに生じる、この胸の奥のざわめき。

きっと、これから先の人生で何度もこの感情がトリシャを揺さぶってくることだろう。

騎士団で活躍したライナルト・ベックマンは皆に惜しまれながら二十二歳で退役し、父の跡を継いで子爵になった。そして同じ年に、七年来の婚約者であるトリシャ・ヘリングと結婚。物心つく前からの間柄だった幼馴染みは、晴れて夫婦となった。

ベックマン子爵夫妻は明るくて人付き合いもよく、また子爵夫人の伯父であるヘリング伯爵家とも非常に関係がよかったため、子爵家は大いに栄えた。

結婚してもなお、若くて麗しい子爵に恋心を抱く令嬢がいた。だが彼は妻のトリシャだけを愛し、トリシャもまた彼を支えながらその愛を夫にだけ注いだ。夫婦はたくさんの子どもにも恵まれて、誰もが認める幸せな家族となった。

そんなベックマン子爵夫婦には、ちょっとした秘密があった。子どもたちも、たまに両親が見せる表情からなんとなくのことを察していたようだ。

だが父方の叔父であるリーンハルトが、「人には誰しも、秘密があるものなんだよ。それを無理に暴くのは、たとえ家族でもよくないことなんだよ」と教えたため、子どもたちは「そういうものか」とさして気にしなくなったそうだ。

男でも見惚《みほ》れる美丈夫の子爵と、その隣でおっとりと微笑む年上の子爵夫人。

二人は年を取ってもなお仲睦《なかむつ》まじく、「相性がぴったりなのです」と笑っていたという。

ブサイク令嬢のボディブロー

彁《ゆみかか》 イズミ

ill. まち

「サラ・チャールストン侯爵令嬢。貴方《あなた》との婚約を破棄させていただく！」

華やかな夜会、少しダレてきたタイミングで私の婚約者ニコラス・クック侯爵令息の声が響く。

はあ、そんな気はしていました。会っても最近シラけてましたもんね。できればこんな夜会の場じゃなくて、ただそう通知していただければよかったのに。主催者に悪いと思わなかったのかしら？

「破棄の理由は、貴方の面相がブサイクだからだ！」

ええ、わかっておりますとも。でもそんなストレートに言語化すると思わなかったよ。出席者の皆さんは紳士淑女だから腹筋をひくつかせるだけですんでるけど、場所が場所だったら大爆笑だよ？

あっ、これはあれか。あえてコメディ仕立てにすることで、主催者や出席者に楽しんでもらおうという趣向だな？　となれば私もその心意気に応《こた》えねばなるまい。

「謹んでお受けいたします。ニコラス様。一言だけ、私の方からよろしいでしょうか？」

「もちろんだ」

扇を顔の前から外し、出席者の皆さんの方へ向き直り一言。

「ぶひ？」

やたっ、ウケた！　私の顔がブタに似てると陰で言われていることは知っていますとも。

会場大盛り上がりの中、ニコラス様の手を取って皆様に挨拶《あいさつ》。最後にボディブローを放ってニコラス様を悶絶《もんぜつ》させ、もう一度笑いを誘ってから夜会の場を後にする。

これがざまあか。ちょっと違う？　はあ、涙ちょちょぎれる……。

◇

「ステファニー嬢が亡くなられた」

王都にある我がチャールストン侯爵邸のお父様の書斎にて、衝撃の事実が告げられた。

ステファニー様と言えば、ギャヴィストン公爵家の令嬢だ。年齢は私より二つ上で、第一王子ジャスティン殿下の婚約者として知られている。

「自殺だそうだ。お妃《きさき》教育の過酷さに耐えかねての。公式発表は病死とされる」

「そうなのですか……おいたわしいことです」

もの静かでお優しい方だった。ブサイクな私にもよく声をかけてくださった。あの方が王妃となられるならば、王国も安泰だったろうに。

「それでサラに婚約の打診が来ている。ジャスティン王子との」

えっ？　ジャスティン殿下ってアレでしょ？　性格オレ様キラキラ王子という噂《うわさ》の。ステファニー様が耐えられなくなったのも、王子の我《わ》が儘《まま》に対してなんじゃないのと勘ぐってみる。

「ええと、何故《なぜ》私が？」

「年周りの近い高位貴族の令嬢は皆婚約済みだろう？　先日婚約破棄されたサラしか空きがない」

馬車置き場じゃあるまいし、空きがないって。ぶっちゃけ理由が聞いたことないほどひどい。

「サラの頭脳は僕に似て優秀だから、お妃教育も問題ないだろうという王家の判断なのだ」

「問題は頭蓋骨《ずがいこつ》の内側ではなく、外側の造作もお父様に似てしまっていることだと考えますが」

「それに関しては本当に申し訳ない」

財務大臣を務めるお父様は非常な能吏だと評判だが、その顔はブタとも闘犬とも言われている。

「ジャスティン殿下の婚約者なんて、婚約破棄されたばかりの私にはもったいないほど名誉なことですけれども、顔面偏差値で足切りを食らってしまうのでは？」

デビュタント前のもっと若くて可愛《かわい》い令嬢という選択は？　しかしゆっくり首を振るお父様。

「僕もジャスティン殿下とは絡みがない。王家内部の事情に通じているわけでもないが……。精神的にタフな令嬢というのはなかなかいない、ということなんじゃないかと」

あっ、察した。やはりジャスティン殿下の性格からくる無自覚無神経な攻撃に耐えられるのが私しかいない。少なくともお父様はそういう認識なんだな？

「了解です。しかし顔で拒絶されてしまった場合はごめんなさい。私ではどうにもなりません」

「それは僕の罪だから。数日以内に正式な要請が来ると思う。そのつもりでいてくれ」

「わかりました」

他人事《ひとごと》のように考えてしまう。どうなることやら。

◇

「やあ、サラ嬢聞いたよ」

カレッジの中庭でルイス先生に話しかけられた。私の専攻である薬学の主任教授でもある。

「ジャスティン様の婚約者に推されているんだって？　他《ほか》に候補がいないって話じゃないか」

「どうしましょう。無投票で当選ですよ」

　無責任に笑い合えるこの時間が素敵。

「でも婚約破棄された傷物でいいんでしょうか？　やや年が離れていいのならば、何人か候補として良さそうな方いらっしゃいますよ？　他国からという手を含めれば選《よ》り取り見取りですし」

「お父上のユージン大臣から、ジャスティン様の人となりについて聞いてないかな？」

「聞いてはおりませんが、私の精神的タフさが買われているようなことは言っておりました」

「ハハッ、さすがユージン様だな」

　何がさすがなのだ。不安しか覚えないんだが。

「サラ嬢はジャスティン様については？」

「お顔くらいしか。四つ違いですので、カレッジでも私が入学の年に殿下は御卒業だったんですよ」

「そうだったか。留年させておけば良かったな」

「あはは、ルイス先生ったら」

　ルイス先生大真面目《おおまじめ》ではありませんか。えっ、ジャスティン殿下って？

「座学の成績はあまり良ろしくなかったな。まあ地頭《じあたま》の悪い人ではないんだろうが」

「……元の婚約者であるステファニー様の悲劇は？」

「期待が重過ぎた、という背景があったと思う」

　殿下のおつむの出来が良ろしくないから婚約者ステファニー様の負担が重くなり、プレッシャーに潰《つぶ》されてしまったのか。そして恥を晒《さら》せないから、外国からも嫁を取れないんだな？

ん？　ちょっと待てよ？　そんな不良物件を押し付けられそうな私ピンチ？

「ええと、婚約者に指名されるのは非常に光栄なのですけれども、辞退した方がいい気がしてきました。非常に光栄なのですけれども！」

「うん、サラ嬢が心にも思っていないことを強調するクセがあることは知ってる」

「ドキッ！　い、嫌ですねえ、あんまり鋭い考察は女生徒に嫌われますよ」

何故ルイス先生は肩を竦《すく》めたポーズなんか取るんですか。

「断るとして、どんな言い訳をするつもりだったんだい？」

「顔面ブタ症という奇怪な病に侵されていて……」

「サラ嬢は美人ではないけれども、笑顔はチャーミングだよ。決して美人ではないけれども」

「どうして二度仰《おっしゃ》ったんですかね？」

「ああ、すまない。研究者として強調すべきポイントだったからかな」

「どうせなら『笑顔はチャーミング』の方を繰り返しでお願いします」

「笑顔はチャーミングだよ」

「もう一言サービスしてください」

「性格もチャーミングだよ」

どうしてかしら？　褒められた気がしないんですけれども。

「ジャスティン様には引っかかる点もあるんだ。つっけんどんなところはあるが、噂ほど悪い男じゃないよ。サラ嬢も面白い話があったら教えてくれたまえ」

面白がる気満々ですね。ジャスティン殿下と顔合わせするのは気が重い。

◇

「……というわけで、この顔は動物ウケはいいんです」

「あはははは！」

「おほほほほ！」

今日《きょう》は陛下と王妃様、ジャスティン殿下と初顔合わせの日だ。一部知人の間で芸人令嬢と言われている私の話術に、陛下と王妃様も虜《とりこ》のようですよ？

が、ジャスティン殿下は無反応だ。殿下ほど整った顔立ちだと、顔面ジョークの味がわからないんだろうか？　私の方をじっと見ているところからすると、興味がないわけでもなさそうなんだけど。

「さすがは才女と噂のサラ嬢ですね。話が軽妙で面白いですわ」

「恐縮です」

「サラ嬢」

「はい、ジャスティン様」

ジャスティン殿下の声初めて聞いたよ。落ち着いていて渋い声だわー。

「美しいな」

「何を仰いますか。美しいのはジャスティン様の方ですよ？」

さすがは王族だなあ。外国の要人との付き合いも多いからか、お世辞がストレートだ。でも自分がブサイクなことは承知しておりますから、ムリしなくてもよろしいんですよ。

あれ？　陛下と王妃様は何をビックリしていらっしゃる？

「……ジャスティンが他人を褒めるとは……」

「珍しいことも……いえいえ、よろしいんですのよ」

えっ？　ジャスティン殿下って褒めない人なの？　ひょっとして今のは皮肉だった？

じゃあ元婚約者ステファニー様への対応はどうだったんだろ？　甘やかな言葉を囁《ささや》いてたんじゃないの？　性格オレ様の噂が本当だとするとナルシスな強要を？　情報を集めなければ。

「庭でも散策しないか？　花の美しい季節だ」

「それは嬉《うれ》しいですね。お誘いありがとうございます」

陛下と王妃様の生温かい目に見送られ、王宮の庭に足を運ぶ。

「まあ、綺麗《きれい》！」

さすが王宮の庭だ。様々な品種のバラがこんなにも美しい。庭師の腕がいいんだろうなあ。バラの栽培にメッチャ手がかかることは知ってるよ。私も育てたことあるからね。

「サラ嬢ほど美しくはないさ」

「ジャスティン様はお上手ですね」

何だろう？　私の機嫌を取ろうとする意図がわからない。陛下や王妃様にそうせよと口うるさく言われているのか？　それともステファニー様を失ったことを悔いての贖罪《しょくざい》か？

「ステファニーもサラ嬢くらい美しければな。ああ、すまない。他の女性の名を出すなどマナー違反だった。許してくれ」

　いやいや、ステファニー様は真珠に喩《たと》えられるほど美しい方でしたよ？　これはまさか……ジャスティン殿下の美的感覚っておかしい？　ジャスティン殿下が照れたようにそっぽを向いて言う。

「オレは粗暴で頭が悪いらしくてな。サラ嬢のような美しく聡明な女性が傍《そば》にいてくれると嬉しい」

「そ、そんな……」

　どうした私の脳細胞！　ちょっとおだてられたくらいで機能停止してどうする！

「……精一杯務めさせていただきます」

「ああ、よろしく頼む」

　ひー、今日は顔合わせだけじゃなかったのかよ。婚約成立みたいになってますよ？

◇

「サラ、聞いたわよ」

　カレッジにて、講義の始まる少し前にこそっと話しかけてきたのは、アイリーン・ウェッジウッド侯爵令嬢だ。家格も近く同い年ということで気安く話せる仲でもある。

「第一王子ジャスティン殿下と婚約ですって？　どうして教えてくれなかったの？」

「どこで聞いたのかしら。正式に婚約したらもちろん話してたわよ」

「まだだったの？　殿下があなたのことを婚約者だって、周囲に触れ回ってるから」

そうなの？　私ですら知らない情報なのに。まったくアイリーンは地獄耳なんだから。

「一度顔合わせで会っただけなのよ。何故か気に入られて」

「サラはウィットの塊だもの。羨《うらや》ましいわ」

「私のことを美しい美しいって」

「あはっ、こんなところでウィットを発揮しなくてもいいのよ？」

ウィットじゃねえよ。事実なんだよ。

「『ステファニーもサラ嬢くらい美しければ』なんてジャスティン様言ってたのよ。変でしょ？」

「変ねえ。何らかの思案がありそうな気もするけど」

「アイリーンの魔術で調べられない？」

世の中には数十人に一人の割合で魔力持ちが存在する。偶然だが私もアイリーンも魔力持ちであり、それで仲がいいということもあるのだ。ともにカレッジで魔術の特別講座を受けている。ちなみにアイリーンは『早耳の術』の使い手であり、世のゴシップを集めまくるという趣味に活用している。

「わかったわ。任せて。まあサラは頭いいから、お妃教育の方は全然心配してないけどね」

「ちょっとは心配してよ。私のか細い神経が焼き切れそうなの」

「あはははっ！　ウィットでデザートまでつけてくれるの？　御馳走様《ごちそうさま》」

◇

三日後、ジャスティン様と私の婚約が公表された。皆さんにおめでとうとは言われたが、どこかよそよそしいというか。口の中にピーチパイを放り込みながらアイリーンが言う。

「ライバルがいないじゃない。年齢が似合いで高位の貴族令嬢が他にいないんだもの」

「わかる」

「ステファニー様の件があるわね。お妃教育期間が異常に短くなって地獄という噂だし」

「それもわかる」

「大体ジャスティン殿下の評判が良くないじゃない。威張り散らしているばかりの能なしだって」

「それはどこまで本当なのかしら？　実際にジャスティン様とお話ししてて嫌な気はしないのよ」

もっともルイス先生によれば、座学の成績が悪かったのは本当らしいが。

「ジャスティン様の評判が悪ければ得する人がいるでしょう？」

「それって第二王子アレックス殿下のこと？　だけど……」

そう、アレックス殿下は正妃様の子ではない。側室腹だ。よほどのことがない限り、正妃様の子であるジャスティン様が廃嫡されることなどあり得ない。

「よほどのことがあり得る、そういうこと？」

「わからないけど、アイリーンなら真のジャスティン様像に迫れるんじゃなくて？」

「サラがそこまでジャスティン殿下に入れ込むとは思わなかったわ」

「ジャスティン様がすっ転げあそばすと私まで身の破滅なの。わかるでしょ？」

「美しいと囁かれて意外と効いちゃってるのはわかったわ」

思わず顔が赤くなる。図星を突くな、アイリーンめ。

「あはっ、そっち方面に絞って探ってみるわ。それからジャスティン殿下、サラのことを美しいって、周りにかなり言ってるらしいわよ。嬉しい？」

「……うん」

私だって一七歳の乙女《おとめ》なんだもん。

「調べごとは親友の私に任せて、サラはお妃教育に専念なさいよ」

「うええ、あまりの重圧に私の顔が潰れてしまう」

「これ以上潰れてもあまり変わらないと思うから大丈夫よ」

「変わらなくてもぶひって声が出ちゃう」

「あはっ、今日は帰るわ」

「ピーチパイはもうないけど、同じ桃のシロップ漬けがあるから持っていきなさいな」

◇

「やあ、サラ嬢」

「これはアレックス殿下。御機嫌よう」

カレッジにて、第二王子アレックス殿下とその取り巻き連中に遭遇した。昔から私のことバカにしてくる嫌なやつ。こんなのと同学年なのは実に不幸だ。前世の私は何をやらかしたんだろうか？

「聞いたよ。兄上の婚約者に内定したようじゃないか」

「お陰様で大変な栄誉に与かりまして」

「どうやって兄上を篭絡《ろうらく》したんだい？」

相手を値踏みするような視線が爬虫類《はちゅうるい》っぽくて嫌いだ。世の御令嬢方は怜悧《れいり》さを秘めた眼差《まなざ》しなんてもてはやすけれど、こいつは怜悧じゃないからね？　成績はせいぜい中の上レベルだから。

「それがジャスティン様は私の二の腕に魅了されたようでして」

「二の腕？」

「ソテーして食べると美味《おい》しそうだと」

「「「ハハハハハ！」」」

大爆笑だ。こんな時でもウケを取りに行ってしまう自分の性格は大好き。

「ま、せいぜいムダな努力をしてくれたまえよ」

「御忠告ありがとう存じます」

手をヒラヒラさせながら去っていくアレックス殿下。

しかし『ムダな努力』とはどういう意味だろう？　私がジャスティン様にふさわしいくらい美しくあろうとするならムダに違いないが、そんなことする気ないしな？

「相変わらず嫌味な男っすねー」

「あら、ヨーコさん」

今のやり取りを見ていたらしい、くるくるに結った髪だけが淑女っぽいヨーコさんが話しかけてくる。彼女は超大店カンピネン商会の跡取り娘だ。

「アレックス殿下もヨーコさんの家のお店の重要なお客様でしょう？　そんな汚い口を利いてはいけませんよ。心に秘めておいて、ここぞという時に吐き出さないと」

「あははははっ！　サラ様はサイコーっすね」

ロイヤルカレッジにはヨーコさんのような平民も在籍している。私やアイリーンの前では砕けた口調で喋《しゃべ》るのだ。本音で話してくれているようで嬉しいけどね。

「聞きましたよ。ジャスティン殿下と婚約ですって？」

「そうなの。また顔面どうこうで婚約破棄されたらどうしようかと」

「それは深刻な問題なんすか？　それともギャグなんすか？」

「王子殿下にボディブローを食らわすのはアリだと思う？」

「ああ、ニコラス様の件は伝説になってるっすね」

二人して笑い合う。

「冗談はそこまでにして、ジャスティン様って、強引で我が儘だって噂があるでしょう？　実際に会ってみたらそんなことなくて。ヨーコさんはお店で話したことあるのではなくて？」

視線を宙に浮かべて思い出そうとするヨーコさん。

「……ぶっきらぼうというか口下手《くちべた》ではありましたが、横柄と感じたことはないっすね」

「ふうん、やっぱり。どこから出た噂なのかしら？」

「わかりませんけれどね。カレッジでの成績は悪かったらしいじゃないすか。ところが入学時の成績はトップだったそうすよ」

「えっ、そうだったの？　てっきり腹違いの弟と同じで最初からバカだったのかと」

「あははははっ！」

段々成績を落としたがために性格も捻《ひね》くれた？　いや、捻くれたってふうにも見えないんだけど。まあ王子様だもの、カレッジの勉強だけじゃなく、色々忙しいのかもしれないしなあ。

「ヨーコさん、貴重な情報をありがとう」

「貴重だったっすか？　期待してるっすよ」

何を期待されたんだろう。華麗なる婚約破棄はもう勘弁なんだが。

◇

お妃教育が始まった。カレッジ最終学年の学位取得課題とお妃教育が重なり、地獄の苦しさになる。と周りの皆は考えてたみたいだけど、そんなことはないのだ。何故ならルイス先生の薬学教室に入り浸っていた私は、既に学位取得課題を終えているようなものだから。

お妃教育も思ったほどハードではない。自他ともに認めるブサイクの私は、行儀作法で侮られることがあってはならないと、そっち方面だけは叩《たた》き込まれていたし、他国の商人との通訳に駆り出されるくらい数ヶ国語ペラペラだし、地理や歴史は大好物だし、ウィットと根性は売るほどある。

あれえ？　気付かなかったけど私お妃向いてる？　ジャスティン様が笑顔で声をかけてくれる。

「御苦労だったね。英気を養うためにたっぷり食べてくれ」

「ありがとう存じます。頂戴《ちょうだい》いたします」

お妃教育後の食事はジャスティン様とともにいただくそうだ。ジャスティン様の美顔を目の前に据えて御飯なんて贅沢《ぜいたく》だなあ。

テーブルに並べられた料理をサーチする。私は魔力持ちで『解析の術』の使い手、料理に使われている成分を調べることなどお手の物なのだ。

ふむ、変わったハーブや香辛料が使われているなあ。さすが王家の食事だけのことはある。

「……またマナー違反で申し訳ない。ステファニーの件なのだが」

ためらいがちなジャスティン様。私からは聞きづらい、前婚約者のことを話してくださるようだ。

「いえいえ、お気になさらず。ステファニー様にはお気の毒なことでしたが、巷《ちまた》の噂では全く要領を得ないのです。何があったのか知りたく思っていました」

「そうだったか。やはりサラ嬢は知っておくべきだと思って」

ホッとした表情のジャスティン様も美形。

「発表では病死と伺っています」

「そうだな。実際には自殺だ。ここ二年ほど、ほとんどお妃教育が進んでなかったらしい」

「えっ？　何故でしょう？」

「何も頭に入らないと言っていた。悩んでいたことは知っていたが、死を選ぶほどだったとは……」

そんなバカな。ステファニー様はカレッジ首席卒業で、総代を務めたほどの才女ですよ？

「ステファニー様が受けていらっしゃったお妃教育とは、私が受けているものと同じですよね？」

「もちろんだ。サラ嬢の教育は、まだ始まったばかりなのに驚くべき進捗《しんちょく》だと聞いている」

ジャスティン様が優しい笑顔を向けてくる。おかしい。

二年前ならステファニー様はカレッジ卒業一年前。おそらくは私と同じように既に学位取得課題を終えていたんじゃないかしら？　その後の二年なら今の私と同じ、いや、スケジュールが詰まってない分、お妃教育は相当楽だったんじゃないか？　わけがわからない。

「医者や教師陣の見解としては、将来の王妃という立場が強度のプレッシャーだったのではないかとのことだった」

「でもステファニー様は、ずっとジャスティン様の婚約者だったのですよね？」

「正式に婚約者となったのは三年前だ。それまでも事実上の婚約者だと言われてはいたけれど」

知らなかった。でもそれなら正式に婚約者となり、お妃教育が捗《はかど》らないことをストレスに感じていたことはあり得る？　ジャスティン様が形の良い眉《まゆ》を歪《ゆが》める。

「苦しいことがあったら、すぐにオレに伝えてくれ。サラ嬢までステファニーと同じ目に遭ったらオレは耐えられない」

「ジャスティン様、もったいないお言葉を……」

イケメンが悲しそうな顔をしているなんて本当にもったいないわ。私は精神的タフさを買われているくらいなので、自殺するなんてことはあり得ません。お気遣いなく。

◇

「何それ、ノロケのつもり？」

ここのところのお妃教育で、講義の終わりにジャスティン様と食事していることを話していたのだ。サクランボを口に放り込みながら、アイリーンが目に好奇心を湛《たた》えている。

「それがジャスティン様からおかしなことを聞いたのよ。ステファニー様、ここ二年ほどほとんどお妃教育が進んでなかったんだって。何も頭に入らないと言っていたって」

「えっ？　そんなことある？」

「それほどプレッシャーが強かったのかしら。アイリーンどう思う？」

「あなたはどうなのよ。実際にお妃教育を受けてみた感想として」

「厳しくないことはないけど……ステファニー様にはもっと時間があったはずだし」

「講師陣の教え方が理不尽ってことはないのね？」

「ないわよ。ステファニー様の件があって、気を付けてくれてるってことはあるかもしれないけど」

さすがにお妃教育を担当する講師は、人格、知識、教え方申し分ない方々ばかりですよ？　アイリーンが言葉を選ぶように言う。

「ステファニー様ね、カレッジの成績、第三学年から少しずつ落としてたらしいのよ」

「えっ？　でも首席で卒業じゃない」

「……第二学年まではトップだし、最終学年は学位取得課題だけでしょ？」

第一王子ジャスティン様の婚約者だから忖度《そんたく》もあったろうということか。第三学年といえばお妃教育が本格的に始まった年。

「成績を落としてたことを気に病むような愚痴をこぼしてたって。変でしょ？　普通ならお妃教育が厳しいっていう愚痴をこぼすものなんじゃない？」

「根拠が弱いわね。たまたまかもしれないし」

お妃教育にプレッシャーを感じていたのならば、アイリーンの言う通りだ。でも……。

「もっとおかしなことがあるでしょ。入学時トップだったジャスティン殿下がバカレベルまで成績が悪くなる。その婚約者だったステファニー様も成績を落とす。最高の教育を受けてるはずのお二人がよ？　百歩譲ってステファニー様がお妃教育との重複で大変だったとしても、ジャスティン殿下が劣等生になる理由がないじゃないの。サラから見て、ジャスティン殿下がそんな不真面目な方に？」

「見えない」

お二人の成績が悪くなったことには、何か全然別の理由がある？　何も頭に入らないということは、記憶力の減退？

「話を聞く限り、ステファニー様が成績落としたのってお妃教育が始まってからじゃない」

「……お妃教育の日は、講義の終わりにジャスティン様と食事するわね」

「サラの得意分野じゃないの。魔術の出番よ」

「……毒ではない。摂取し続けて初めて効果の現れる……」

そういえば珍しい香辛料が使われてるなと思った。薬学のルイス先生に相談してみよう。

「ありがとうアイリーン。やるべきことが見えてきたわ」

「いいのよ。ところでサクランボのおかわりない？」

◇

「ルイス先生、少々よろしいでしょうか？」

カレッジの廊下で薬学のルイス先生に話しかける。先生は何かを察してくれたようだ。

「チャーミングさの欠片《かけら》もない表情だね。ということは……今時間あるよね？」

「ええ」

チャーミングさの欠片もないって。察し方がおかしくありませんかね？　ドアの向こうの研究室に通される。

「お妃教育が始まったんです」

「ん？　サラ嬢ほど優秀な頭脳と広範な知識と屈指の打たれ強さを持っていて、困ることなんかないだろう？　学位取得課題なら心配は要らない。まだ記帳していないだけで評価特Aだよ」

「ありがとうございます。そのお妃教育では、毎回講義終了後にジャスティン様と一緒にお食事するという御褒美がついているんですよ」

「何だ、ノロケだったのか。ジャスティン様がサラ嬢を大変気に入っているとは聞いているよ」

「そうではなくてですね。その食事に毎回スタス草とパゾの実が用いられているんです」

「スタス草とパゾの実……毎回？」

ルイス先生の表情が険しくなる。ともに精神を落ち着かせる作用がある香辛料なのだが。

「変わった香辛料が使われてるなあ、くらいに思っていたんですが、毎回となるとおかしいなと」

「スタス草もパゾの実も効果持続時間は長い。それ以上に相乗効果が危険だ。続けて摂取していたらかなり思考が鈍る」

「やはりそうですよね。ジャスティン様も婚約者だったステファニー様も、初め成績が良かったのに徐々に悪くなったという話を聞きまして、ひょっとしてこれが原因かと」

「そうか、それで……。ジャスティン様の成績の急降下はどうも変だとは思ってたんだ。スタス草とパゾの実の常用が原因なら説明はつく」

毒じゃないから毒見では異常なしだ。だから誰《だれ》もわからなかったんだろう。

「よく気付いたね。さすがはサラ嬢だ」

「いえ、たまたまその手の魔力持ちというだけです。どうすべきでしょうか？」

「そりゃあ摂取をやめるべきだ。一〇日もすればスッキリするよ」

「それはそうなんですけど、スタス草とパゾの実は善意で入れられてるのかそれとも悪意なのか、あるいは偶然なのかわからなくてですね」

意を図りかねたか、目を瞬くルイス先生。

「善意や偶然なんてことがあるかい？」

「例えば精神に負担がかかるお立場だから気を使って、みたいな」

「なるほど、悪意であってもそういう言い訳が用意されてるのか。厄介だな」

「悪意だったら異なる薬に変えられちゃうだけの気もしますし……」

「それでいいじゃないか。悪意だと決まったら追及してやればいい」

「そうですね……そうします」

「ん？　煮え切らないね。サラ嬢らしくもない」

「そんなことないですぶひ」

　再び笑い合い、薬学研究室を辞す。

　……ジャスティン様が私のことを美しいと気に入ってくださるのは、やはり香辛料の効果で判断力が狂ってるからなんだろうなあ。でもジャスティン様のお身体《からだ》や国の将来の方が大事だ。私は再び婚約破棄されることになりそうだけど、スタス草とパゾの実の摂取はやめさせよう。

◇

「ジャスティン様、内緒のお話があるのです」

　今日もまたお妃教育の日、講義の後のお食事タイムです。ジャスティン様の笑顔が尊いわー。

「何かな？」

「恥ずかしいので人払いしてもらってよろしいでしょうか？」

「ハハハ。サラ嬢は可愛らしいな。外してくれ」

侍女と衛士が下がっていく。さてと。

「……ジャスティン様は、私が魔力持ちだということは御存じかと思います」

「ああ。食べ物に毒が含まれていても見破れるとか」

「そういうことにしてあるんですが、実はもう少し細かいことを知ることができます。お妃教育が始まってからここでいただく食事に、スタス草とパゾの実が毎食使われています」

眉を顰《ひそ》めるジャスティン様。

「スタス草とパゾの実？　聞いたことのない食材だが、それは？」

御存じないようだ。少なくともジャスティン様が自ら使用を指示されていたわけではない。

「精神安定効果のある珍しい香辛料です。たまに使う分には心を落ち着かせるいい作用を期待できるのですが、長い間毎回両方を併用摂取するとなると、思考力、判断力、記憶力等、頭脳の働きがかなり鈍ります」

「何だと？」

「いつからスタス草とパゾの実が用いられていたのか、私は存じません。しかし何年にもわたってならば、ほとんどお妃教育が進まないとステファニー様を悩ませた原因の可能性もあり得ます」

色を失うジャスティン様。宙に視線を走らせ何かを考えた末、私に言う。

「確認するが、スタス草とパゾの実はオレとサラ嬢の両方の食事に含まれているんだな？」

「はい」

「精神に作用するだけで、命に別状はないと考えていいか？」

「はい、ありません」

「作用から抜け出すためにはどうしたらいい？」

「薬学のルイス先生によれば、一〇日も摂取を控えればよいと」

「サラ嬢にはすまないが、もうしばらく何も言わずにこの食事に付き合ってもらえるか？」

は？　今何と？　スタス草とパゾの実を抜かないとぼーっとしたまんまですよ？　……判断力が鈍ったままならば、私をずっと美しいと思っていただけるのかもしれませんけれど。

「信頼できる者に捜査をさせる。そして近い内に陛下と母上、側妃カスリーン並びにアレックスの同席する会食の場を設ける」

「それって……」

「その場で誰の皿にスタス草とパゾの実が使われているか、特定することは可能かな？」

「もちろんです」

「全員の料理にスタス草とパゾの実が使用されているならばいい。そうでないならば……告発してくれるか？」

「わかりました。お任せください」

「オレは証拠集めに取りかかる」

ジャスティン様の悲しげな眼《め》がズキッと心に刺さる。おそらくジャスティン様も、側妃様とアレックス殿下を心のどこかで疑っていらしたんだろうなあ。

「では、軽くいただいて、今日はお暇《いとま》いたしますね」

「ありがとう、サラ嬢。必ず……」

必ず何だろう？　怖くて聞けない。

◇

「サラ様、聞いてくださいよ」

商会の跡取り娘ヨーコさんが話しかけてくる。苦りきった表情だが？

「でも話しにくいことなんすよ」

「個別談話室へ行きましょうか」

カレッジの図書館に併設されている個別談話室。試験前だと間違いなく全部埋まってしまうけれども、今の時期だとガラガラだ。部屋の扉に『使用中』の札をかける。

「一体どうしたの？」

「どうもこうもないっす。昨日《きのう》最高司法官の使いと称する騎士が店に来たんす」

最高司法官といえばステファニー様の父親、エイブラハム・ギャヴィストン公爵だ。ヨーコさんが愚痴る。

「使いの持って来た手紙には、側妃カスリーンとアレックス殿下の過去一〇年の購入履歴を見せろって書いてあるんす。いくら最高司法官の依頼でも、捜査令状もなしでそんな無法なことはできないっす。商道徳に悖《もと》るっすよ」

「手紙は本物なのね？」

「偽である証拠はなかったっす。でも最高司法官の使いだったら普通は文官でしょう？　騎士が持ってくるなんてわけがわかんないっす」

「その使いは騎士の制服で来たの？」

「目立たない平服っすよ」

「どうして騎士ってわかったのかしら？」

「見たことある人だからっす。ジャスティン殿下のお付きっすよ」

繋《つな》がった。ジャスティン様は公爵に協力を求めたんだ。

「ヨーコさん、よく聞いてくれる？　過去長期間にわたって、ジャスティン様の食事にスタス草とパゾの実が混ぜられていたようなの」

「スタス草とパゾの実？　何すかそれは？」

「簡単に言うと、食べ続けてると命に別状はないけどバカになる香辛料」

大きく目を見開くヨーコさん。

「御丁寧なことに、お妃教育で私のいただいた食事にも入ってたのよ」

「……サラ様の魔術でわかったんすね？」

「そうだけど内緒ね」

「……ジャスティン殿下の成績が急降下した原因はそれっすか？」

「だけじゃなくて、ステファニー様が自殺した原因である可能性も高いの」

「大変じゃないっすか！」

「大変、なことになるかもしれない」

「側妃様か、もしくはアレックス殿下が犯人？」

それには答えず、ヨーコさんの視線を正面から受け止める。

「令状が出てないなら証拠は揃《そろ》っていないのね。ヨーコさんの言う、商道徳に悖るというのもわかるの。であれば購入履歴全てでなくてもいい。スタス草とパゾの実の流れだけでも教えてくれない？」

「……うちの商会が関係してるとは限らないっすよ？」

「それはそうよ。でもスタス草もパゾの実も違法な香辛料ではないから、様々な買い物に紛れ込ませて入手しているんだと思うわ。となると大手のカンピネン商会でしょ？　もちろん協力してくれるなら、売り手に悪意がなかったことは私が証言します。どう？」

少々卑怯《ひきょう》な取引だっただろうか？　ヨーコさんは当然カンピネン商会が大事だ。商会の無実を証言する私を足蹴《あしげ》にしてまで商道徳を優先し、側妃様とアレックス殿下を守る理由がない。間違いなく味方になってくれるはず。

「サラ様はズルいっすね。さすがです」

「あら、褒められてるのかしら？　それとも賛美されてるのかしら？」

「あはっ、協力させてもらうっすよ」

「ありがとう、ヨーコさん。使いの騎士には、私から事情を聞いた、購入履歴の一部を開示すると伝えてくれればいいわ」

「わかったっす」

お互いにこやかとは言えない笑顔で立ち上がる。

「サラ様は立派な皇太子妃、そして王妃になるっす。今後もカンピネン商会を御贔屓《ひいき》に」

「なれればね」

だってジャスティン様が冷静な判断力を取り戻せば、ブサイクな私が妃って面白くないだろうし。

年回りのいい国内の令嬢が私以外にいなくても、色んな手があるでしょ。

「ではヨーコさん、御機嫌よう」

◇

「緊張します」

心底不思議そうに目をパチパチさせるジャスティン様。

「サラ嬢でも緊張するなんてことがあるのか」

「それはありますよ。私は小心者ですので、夜な夜な小さな胸を痛めているのです」

「それほど小さな胸でもないと思うが」

「あら、ジャスティン様ったら観察力が鋭いですね」

軽口を叩き合うが、ジャスティン様の表情もやや強張《こわば》ってることがわかる。今日は王宮での会食の日、おそらくは全ての決着がつく。

「では一五分後にまいる」

大きなジャスティン様の背中が去る。さて、私も着替えなければ。王宮勤めの侍女が手伝ってくれる。情報収集しておくか。

「側妃様ってどんな方なのかしら？　私、お目にかかったことがないんです」

「……カスリーン様ですか？」

そんな露骨に動作カクカクし始めると、それだけでどんな方か想像つきますけれども。

「厳しい方なんですの？」

「そ、それは私からは申し上げかねますけれども」

「これ、もらってくださる？」

髪飾りを差し出す。顔の造作からして、私より彼女の方が似合うだろう。

「よ、よろしいんですか？」

「わかるでしょう？　側妃様の情報が欲しいんですの」

「……話して差し支えのない範囲ならば、で、よろしいでしょうか？」

「もちろんですわ」

さすがに王宮勤めの侍女。浮かれて何でも話してしまうということはないな。

「正妃マデリーン様のお身体の状態から、二人目以降のお子は望めないだろうということでオコンネル伯爵家から輿《こし》入れされたのが側妃カスリーン様です。しかし陛下との間は良好とは申せませんでした。第二王子アレックスの誕生後、側妃様はアレックス殿下にのみ愛情を注いでおりました」

「結構突っ込んだ情報じゃございませんこと？」

「常識ですので」

そうなんだ？　王宮の常識、私の非常識。

「ジャスティン殿下の王立カレッジにおける成績が思わしくなくなった頃から、アレックス殿下を王太子にという野望を隠そうともせず」

「結構突っ込んだ情報じゃございませんこと？」

「常識ですので」

そうなの？　王宮怖い。

「浪費家でいらっしゃいますね。カンピネン商会を結構儲《もう》けさせていらっしゃるようです」

やはりカンピネン商会か。大きいですものね。

「ありがとう存じます。最後に一つ。もしアレックス殿下が王太子になられたら、あなたは王宮勤めを続けますの？」

「その時は辞めます」

「これを」

ブローチを差し出す。

「チャールストン侯爵家の紋章が入っております。あなたが不遇な目に遭うようでしたら、我が家を頼ってださい」

「あ、ありがとうございます」

私に今の話をしたことで、この侍女が不利益を被ってはならない。というかこの人私と気が合いそうだから、クビになって私に仕えてくれないかな。

それにしてもスタス草とパゾの実のコンボはヤバい。もう一ヶ月はコンボ入りの食事をいただいているが、全く違和感がないのだ。毎日算術テストをしてパフォーマンスが落ちていることから異変が起きていることはわかるけれども、普通じゃ気付かないわ、これ。

着替えも終了し、侍女から声がかかる。

「サラ様。ジャスティン殿下がいらっしゃいました」

「さて、まいりましょう」

気合を入れて出陣だ。

◇

「陛下に申し上げたき儀がございます」

国王陛下御夫妻とジャスティン様、側妃カスリーン様と第二王子アレックス殿下が会する晩餐《ばんさん》の席で、私が発言する。さあ後戻りはできないぞ。ジャスティン様、お願いいたしますよ。

陛下がおもむろに言う。

「発言を許す。サラ嬢、続けよ」

「ありがとう存じます。手短に申し上げます。テーブルに並べられたお食事ですけれども、ジャスティン様と私の皿にのみスタス草とパゾの実が含まれております。これはいかなる意図があってのことかと、お伺いいいたしたく思います」

……カスリーン様もアレックス殿下も表情は変わらない。そして首をかしげる陛下可愛い。

「スタス草とパゾの実？　寡聞《かぶん》にして存ぜぬが、サラ嬢、それは？」

「頭脳の働きを鈍らせる危険な薬です」

カスリーン様がピクリと表情筋を動かし、忌々しそうに言う。

「スタス草とパゾの実は妾《わらわ》も存じております。心を落ち着かせる作用のある香辛料で、危なくなんかありませんわ」

食い付いた。煽《あお》ってやろ。

「あら。恐れながら側妃様はスタス草とパゾの実にお詳しくないのでは？　私はカレッジで薬学を専攻しておりますが」

「なっ……妾の実家オコンネル家領ではスタス草もパゾも栽培していましてよ？　詳しくないはずがないでしょう！」

「さようでしたか。これは失礼いたしました」

スタス草とパゾの実は全量輸入ですよ？　オコンネル家領で生産していないことは存じております。

まあいい、両方についてよく知っているという言質は取った。おっと、側妃様何ですか？

「大体貴方、見ただけでスタス草とパゾの実が入っていると断じるなんて、おかしくはなくて？」

「私は魔力持ちですから、その手のことはわかります」

「そういえば……」

アレックス殿下が頷《うなず》く。もちろん国王陛下御夫妻やジャスティン様には申告してあるが、通常自分の持ち能力を吹聴することはない。

カスリーン様は知らなかったのだろう。同学年のアレックス殿下は、私が魔力持ちの特別講座を受講していることは知っていても、それ以上の調査はしていないようだ。次の王位を窺《うかが》い、ジャスティン様をライバルと見る者にしては抜けてますよ？

「食事を魔法鑑識に回し、含まれている成分を調べさせてください」

「その必要はない！」

どなた？　あれは……予定通り。最高司法官エイブラハム・ギャヴィストン公爵か。ジャスティン様の元婚約者であるステファニー様の父親。

「陛下、発言をお許しください」

「エイブラハムか。許す。いかがした？」

「王宮料理長がカスリーン側妃殿下の命で、ジャスティン殿下並びにサラ・チャールストン嬢の皿にスタス草とパゾの実を混入したこと、自白しております」

「う、ウソよ！　そんな下賤《げせん》の者の言うことを信用するなんて信じられないわ！」

側妃たる者が顔色を変えて叫ぶのはどうだろう？　まだ私の『ぶひ？』の方が可愛いと思う。

「ならばこれはどう説明する？　カンピネン商会から貴女《あなた》が買ったスタス草とパゾの実の購入履歴だ。過去八年にわたってかなりの量を入手し続けているが？」

　やはり。八年前と言えば、ジャスティン様がカレッジに入学された年。ジャスティン様の成績急降下もこれで説明がつく。

「妾とアレックスが食しているからですわ」

「では、お手持ちのスタス草とパゾの実を出してもらおうか」

「そ、それは……」

「出せぬであろう。全て料理長に渡してあるからだ！」

　ぐっと詰まる側妃様。どうする？

「……エイブラハム最高司法官の仰る通りですわ。全て料理長に渡してあります。でもまさかジャスティン殿下やサラ嬢の食事に用いられていたとは。想定外にも程がありますわ」

「料理長の独断、ないしは錯誤と申すのだな？」

「そ、そんな……」

　愕然《がくぜん》とした様子の料理長。うん、料理長に責任を押し付け切り捨てるところまでは予想通り。ジャスティン様はエイブラハム様と視線を交わし、命じる。

「副料理長を呼べ！」

「は、はい。ここに」

「その方が今後、王宮料理長となる。スタス草とパゾの実についてはその方自身が管理せよ。カスリーン側妃殿下並びにアレックス殿下の食事以外に混入させてはならぬ。よいな？」

「わかりましてございます」

「元料理長を引っ立てよ！」

一分前まで王宮料理長だった男が騎士達に引っ立てられていく。気の毒だが極刑は免れないだろう。そしてこれ以上カスリーン様やアレックス殿下を追い詰めることもできまい。ジャスティン様がにこやかに言う。

「失礼した。どうやら料理長の責だったようだな」

「そうですよ。妾のせいにされるとは、大変に遺憾です」

「では、食事を交換してもらってよろしいですかな？」

「え？　ええ、もちろん」

側妃様もこれは断れまい。心を落ち着かせる香辛料で危なくない、自分とアレックス殿下が食べるために買ったと言っているのだから。

ジャスティン様とアレックス殿下、側妃様と私の皿がそれぞれ入れ替えられる。今日のメインイベントは終わりだ。

陛下がサッパリした顔で声を張る。そうか、陛下にも前もって報告してたんだな。

「さあ、会食を続けようではないか」

◇

「側妃カスリーンは廃人同様だそうだ」

王宮のガゼボでジャスティン様と雑談を楽しむ。例の会食後、カスリーン様の食事にはスタス草とパゾの実が欠かさず混ぜられているそうな。私達の食事に混ぜられていた分の何と五倍量を。……食欲をそそる香りで、味自体はほとんど変わらないからわからないと思うよ。

「廃人同様ですか。怖いですね」

「まったくだ。オレとサラ嬢の人生の味付けにはどぎつ過ぎる香辛料だ」

ふふっと笑いがこぼれる。スタス草とパゾの実の影響が抜けてからは、ジャスティン様のお言葉がシャープになっている気がする。

「アレックスはどうだ？」

「カレッジの卒業は難しいようですね」

学位取得課題が全然進まないとのことだ。アレックス殿下の食事には倍量のスタス草とパゾの実が混ぜられてるんだって。元々頭がいいわけでもないアレックス殿下では卒業はムリだと思うよ。疑惑がなければお情け忖度で卒業できたんだろうけど、今は見る目が厳しいから。もてはやしていた令嬢方も潮が引くようにいなくなったよ。

「エイブラハム殿が感謝していたよ。ステファニーの仇《かたき》を討つことができたと」

「公爵様が？　それはようございました」

側妃様とアレックス殿下の断罪が不完全になることはわかりきっていた。スタス草とパゾの実は毒薬ではないし、側妃様がやらせた明確な証拠もないから。しかしあの悪魔的な香辛料を延々と投与され続けるというのは、何よりも残酷な刑罰ではないだろうか？

「ジャスティン様のお身体の具合はいかがですか？」

「絶好調だ。目の前のもやが晴れた気分というか」

凛々《りり》しい微笑《ほほえ》みを見せてくれるジャスティン様。

「全てサラ嬢のおかげだ」

「恐れ多いことです」

うはー、何てイケメンなんでしょう。惚《ほ》れてまうやろ。

……でもステファニー様は呼び捨てなのに、私はいつまで経《た》っても『サラ嬢』なんだなあ。距離感が寂しい。

「遅まきながらオレは学ばねばならぬ。統治について。社会について」

「御立派です」

「サラ嬢、協力してくれるか？」

「そのことについてですが」

明らかにしておかねばなるまい。ジャスティン様は近日中にも立太子されるのだ。私がいつまでも足を引っ張ってはいけない。ジャスティン様の目をしっかり見つめる。

「私の役目は終わりました」

「サラ嬢？」

「ジャスティン様の婚約者役を降ろさせていただきたいと思います。……客観的に判断して、王太子に傷物の侯爵令嬢はどう考えても釣り合いませんから」

私の魔術と薬学の知識がジャスティン様と王国の未来を守った。十分な働きだ。いくら年周りのいい高位貴族の令嬢がいないと言っても、第二王子アレックス殿下が失脚した今となってはお妃教育を急ぐこともない。聡明さを取り戻したジャスティン様なら外国から姫を迎えてもいい。ここで私は身を引き、素行と能力に問題がなく、ビジュアル的にバランスの取れる方を妃とするべきだろう。

……スタス草とパゾの実の影響が抜け、冷静な審美眼が戻ってきた今のジャスティン様はもう、私に興味などないだろうから。

「デビュタント前ですが、ステファニー様の妹君トリクシー様は優秀と伺っております。ジャスティン様にふさわしいと愚考いたします」

「……のか」

「はい？」

「サラはオレを見捨てるのか？」

「え？　いえ、そうではなく……」

サラ？　呼び捨ては初めてじゃないかしら。ドキドキしますね。

しかしこれほど余裕のないジャスティン様はどうしたことだろう？

「オレには君しかいないんだ！」

そんなわけないけど、キュンキュンするセリフだわー。イケメンが言うのはズルいわー。

「知性、教養、精神力、気品、美貌《びぼう》。どれを取っても不足するところのない君を愛している！」

「ええと？」

後ろ二つはどうだろう。いや、この期に及んで美貌を褒められるのは何故？　ひょっとしてジャスティン様の審美眼がおかしいのって元々？

「結婚してくれ！」

「わかりました！」

「ありがとう！」

ぎゅっと抱きしめられる。弾みでオーケーしてしまったけど、いいのかしら？　いいか、私の人生のクライマックスシーンだ。一度くらいこういうことがあっても罰は当たるまい。

「……諦《あきら》めようと思っていましたのに」

「却下だ」

「もう、こんなに好きにさせてどうするんですか」

「嬉しいことを言ってくれる」

「信じてもいいんですね？」

「もちろんだ。生涯をかけて君を愛そう」

「もし裏切ったらボディブローですよ？」

「ハハッ、ニコラスの悲劇は語り草になっているな。肝に銘じよう」

「肝臓に食らわしちゃいますから」

◇

一年後、お妃教育の終了とともにジャスティンとの婚礼が行われ、同時にジャスティンの立太子も発表された。

幸せですかって？　ええ、私の細腕が唸りを上げる機会はありませんでしたよ。おほほほ。

――おしまい。

妖精姫は辺境豚に推し活される

富士《ふじ》とまと
ill. 椎名《しいな》咲月《さつき》

王宮で開かれた、半年に一度の大舞踏会には国内の多くの貴族が集まっていた。

「エリーゼ、お前との婚約を破棄する」

ありがとうございます！　殿下ぁ！！！

うふふ。

いけない。思わず顔がにやけちゃうわ。

「真実の愛に……お前がいじめていたことは……証人が……」

「エリーゼ様申し訳ありません……殿下のことを……」

何やらごちゃごちゃ皇太子殿下と、その腕にぶら下がっている頭の悪そうな見たこともないご令嬢が話をしているけれど、まったく耳に入ってこない。

いや、だって、結婚しなくていいのよ？

「お前のような罪深い女は、修道院へと」

やった！

ありがとうございまぁーす！

「修道院……」

女性ばかりで生活する共同体。

一生結婚もできず、慎ましく生き寂しく生涯を終える貴族令嬢の墓場。

……そんなわけないでしょう！

気持ち悪い男たちの顔を見なくて済むし、威圧的高圧的な男の相手をしなくて済むし、めんどくさい社交をしなくても済むって、天国じゃないの！

女なら誰でもドレスと宝石とお菓子を与えておけば喜ぶと思わないでよ。

華やかな舞踏会でちやほやされる生活にあこがれると思わないでよ。

「あはは、あまりのショックで声も出ないか！」

違うわよ！　あまりの嬉《うれ》しさに顔がにやけるのを抑えるのに必死なのですわ！

貴族令嬢……私のような公爵令嬢など高位貴族が入る修道院は、侍女も連れて行っていい。

掃除洗濯は庶民の修道女が働いているから、全部やってくれる。出かける自由はなくなるけど、そもそも王妃教育で私には自由というものはなかったんだから、むしろ、自由じゃなくなるのではなく自由になれるってことなの！

男はこりごりで修道院にでも行きたいわと言う侍女を早速見繕わなければ。宰相のお父様にも報告しないと。

私が修道院に行きたいわけじゃないからね？　殿下のご命令だからね？　仕方ないわよね？　によによ。

おっと、顔がゆるんじゃうわ。

「ひどいですわ！　エリーゼ様は修道院に入れられるような罪は犯しておりません！」

どこからか声が飛び出した。

はい？　ええ、罪は犯していませんけど。

「そうですわ！　その方のおっしゃることはすべて濡《ぬ》れ衣《ぎぬ》です。いじめていた場面を誰《だれ》が見たというのですか？」

　いじめてないどころか、初対面なんですけど、それはそうとして……。

「証人は？　証拠は？」

「そうです！　エリーゼ様はそのようなことをする方ではありません」

「エリーゼ様の身の潔白は私が証明いたしますわ。学園での行動には常に付き添うよう王室から命じられているこの私が」

「分刻みのエリーゼ様の行動の記録は護衛をしております僕が提供できます」

　あ、いや、そうね。

　私は一人きりになった記憶はないものね。将来の護衛騎士やら将来の侍女やらが学園では私の周りを固め……。

　って、待って、かばわなくてもいいのよ？　私は皇太子殿下と結婚なんてまっぴらごめんなのですから！　婚約を破棄してもらったほうが嬉しいの。

　すっごく嬉しいの。分かる、この喜びが？

「皆さま、私のために声を上げてくださってありがとうございます。ですが、一度婚約を破棄するなどと言われた方とやり直すことなど私には……到底できませんわ……」

　泣きまねしようとして、いつもの癖で微笑《ほほえ》んじゃったわ。

「なんと可憐《かれん》な」

「妖精《ようせい》姫はこんな時にまで皆に心配をかけまいと微笑まれるとは」

「ああ、守って差し上げたい」

「もしかして、皇太子殿下との婚約が破棄されれば新しく婚約者が必要となるのではないか？」

「お、おお！　宰相の娘であり筆頭公爵家であり、さらには妖精姫と呼ばれる美しきエリーゼ様の新しい婚約者……」

ざわざわと別の意味でざわめきだした。

いえ、新しい婚約者はいらないから。修道院に行きますわ。ほら、えーっと、皇太子殿下の命令だしね？　えへ？

「婚約破棄ではなく陛下には婚約解消やむなしとお伝えしましょう。エリーゼ様の新しい婚約の相談もいたしましょう」

殿下の後ろに控えていた側近その一眼鏡《めがね》がにこやかに殿下に口添えしつつ私を見る。

いや、新しい婚約の話はいりませぬ。

「そうだな。殿下は真実の愛に目覚めたのだ。仕方あるまい。エリーゼ様にも真実の愛を与えてくれる男が必要だろう」

側近その二筋肉が殿下の横に立ち、私を見た。

いや、男は必要ないです！

「そうだよね。兄上には兄上の人生があるもんね！　王家とのつながりを持つには、兄上との結婚だけじゃないし」

第二王子がにこやかに現れ、私の前に立つ。王家とつながりたくないって。

「あ、あの、修道院へというのはエリーゼ様に申し訳ありませんわ、その、新しい婚約者を決めてあげたらいいんじゃないかと」

殿下にぶら下がっている女性がなぜか私を睨《にら》んでくる。

どういうことよっ！　睨まれることしてないし。

「エリーゼ様の姿を拝見するのは私、申し訳なくて心がつぶれそうになりますわ……ですから……」

あああ。顔が見たくないなら、修道院へ送り出してくれてかまわないのよ！

それ、もう一押し。がんばれぶら下がり令嬢！　殿下に言って！

「ああ、そうだな。分かったよ。エリーゼと顔を合わせなくてもいいように、辺境伯のもとへでも嫁いでもらおう」

は？　辺境伯に嫁げですと？

ぶら下がり令嬢がにやりと笑った。勝ち誇ったような顔を見せる。

なに、その顔！

「ラウール辺境伯の嫡男には、婚約者もいなかったであろう。リューズを呼べ」

ラウール辺境伯嫡男のリューズ様？

確か、一六歳の私とは一〇歳も離れた二六歳だったはずよね。二六歳になるまで独身どころか婚約者もいないのは知っているけれど。何故《なぜ》だろう？

「辺境伯は、爵位で言えば侯爵家と同格かそれ以上。家柄に問題はないであろう」

殿下の言葉に、側近その一眼鏡が「家柄のつり合いで言えばわが公爵家も」とつぶやく。

側近その二筋肉が「やや落ちるが侯爵家であり次期騎士隊長である俺だって」ともごもご口ごもる。第二王子が「つり合いで言えば、兄の尻ぬぐいとして一番ふさわしいのは僕でしょう」と舌打ちをした。

「あら、来ましたわよ妖精姫、さあ、新しい婚約者にご挨拶《あいさつ》なさいませ」

ぶら下がり令嬢の後ろに立っていた伯爵令嬢が前に出てきて、私の腕を引く。

「くすくす、よろしゅうございましたわね？　殿下がお優しい方で。修道院送りにされずにすんで」

笑いごとじゃないのよ。結婚なんてしたくないんだから！

顔を上げると、人前にめったに姿を現さない辺境伯嫡男リューズ様の姿があった。

一八〇を超える長身であるが、猫背のため若干身長は低く見える。

もしゃもしゃと伸び放題の髪で顔の半分は見えない。いつ誂《あつら》えた正装であろうか。今にもボタンがはじけ飛びそうになっている。

横幅は、実に大きな男がそこにはいた。

「辺境豚……」

しまった。

き、聞こえなかったわよね？　侍女たちが時々噂《うわさ》していた単語を思わず口にしてしまった。彼のことを指していたとは限らないけれど……。十中八九、彼のことよねぇ……？

辺境伯の嫡男で、豚のように太った体形。

辺境の地とはいえ裕福な領地を持ち、国での発言力も影響力もある家だ。辺境伯夫人となれば社交界でも一目置かれる立場になれるというのに、なかなか婚姻が整わなかったのは、もしかしてこの見た目のせいなのだろうか。

「まぁ、なんてお似合いなのかしら。絵本のようですわ」

それは、美女と魔獣とかいう絵本の話？　ぶら下がり令嬢の言葉に会場から笑いがもれる。

あーあ。リューズ様もかわいそうに。こんな茶番に突き合わされ、さらし者になった挙句に笑われちゃうなんて。

婚約破棄は私が受け入れる気満々だから陛下の許可がなかろうと成立するだろう。

こんなふうに侮辱されてまで婚約を続けさせようとお父様も思わないはずだ。

しかしだ。私の処遇は陛下の許可なく殿下の一存で決められるわけがない。

ましてや、新しく婚約させるなど。

お互い振り回されて大変ですわねと、小さくため息をついてリューズ様に笑いかける。

「よっ、妖精姫……うわ、無理です。ぼ、僕が、妖精ひ、ひ、姫……いえ、あの、とてもじゃないが……推しは崇《あが》めるものであって……」

ぶつぶつと小さな声でリューズ様が何かをつぶやき始めた。

「絵画の二次嫁じゃなく……リアル嫁……妖精姫が……ない、ありえない、夢、無理、妖精姫が結婚だと、誰かに汚されるなんて……たとえそれが自分自身でも許すわけには……」

まるで呪詛《じゅそ》のように吐き出される低い声に、会場が凍り付く。

口の中にこもった声は何を言っているか分からない。

結婚できないのは、見た目のせいじゃない？　なんか、変な人だ。何、呪《のろ》いの呪文《じゅもん》なの？　絶対やばい人だよね……。

背中が冷たくなる。

だ、大丈夫。殿下の言う婚約命令なんて効力ないし。

辺境豚……いえ、こほん、リューズ様には申し訳ないけれどお断りを……。

お父様にリューズ様との婚約の話は、殿下が勝手に言ったことだからと断ってもらおう。

変な人だし、付きまとわれたら怖いから修道院に入りますとか言ってみようかな？　この会場にいる人が目撃証人ね。変な人だというのを否定する声はないだろう。ふふ。

そう考えればなんて素敵な相手を殿下は提示してくれたんでしょう。いざ行かん。修道院！

嬉しくて、笑みがこぼれる。にこにこ。

「あああっふぅっ！」

なんか変な声を上げて、リューズ様が顔を手で覆ってしまった。

「き、君を、愛することはないいっ」

え？

それだけを言い置いて、背を向けて立ちさってしまった。

「ぷーくくく、辺境豚にまで振られてるわ」

「あははは、みじめなものねぇ。妖精姫などとおだてられていい気になっていたつけが回ってきたのでしょうね」

「殿方であれば誰でも自分を好きになるとでも思っていたのかしら、驚いた顔をしていらっしゃいますわよ」

「ざまぁですわ」

あ、愛することはない、ですって？

妖精姫とうたわれる美しい容姿を持つ私を？

望んでもいないのにスケベな目で見られ、性的な言葉を幾度となく浴びせられ、あわよくば体に触れてこようとする男たちが後を絶たないというのに？

「し、失礼いたしますわ！」

すぐさま会場を後にする。

お父様に、リューズ様と結婚するって伝えないと！

あ、そうだ。陛下と王妃様にも皇太子殿下が勝手な婚約破棄で公爵令嬢である私を貶《おとし》めたことで脅して……ごほん、慰謝料代わりにこの結婚を後押ししてもらわないと。

うふふ、逃がしはしないわ！

私に興味がない、相手をしなくていい旦那《だんな》様！

愛することはないってことはですね……。

口と口を合わせる気持ち悪い行為をしなくていいんでしょう？

体のあちこちを触られる行為に耐えなくていいんでしょう？

王妃教育でいろいろ聞かされてぞっとしていたんだよね。殿下にエスコートで手を添えるだけでも拒否感があるのに、どうしようかと思っていたのよ。

王妃になったら世継ぎを産むために避けられない……夜のお勤め。薬を飲んで意識がない間にしていただこうかと本気で考えていたくらいだ。

私、愛されない嫁になれるんだわ！

なんて、素敵！


「よ、妖精姫が僕の目の前に……お茶を……眼福、いや、そうじゃない、……ああどうして、どうして……」

早速、婚約締結書類を持って翌日には王都にあるリューズ様のタウンハウスを訪れた。

部屋に通されると、リューズ様は落ち着きなく……なんなら少し震えながらぶつぶつと何かをつぶやいている。

怒ってるのかな？　そりゃそうよね。愛することができない女がのこのこ婚約しましょうとやって来るなんていやがらせ以外の何物でもない。

でも。に、が、さ、な、い！

陛下の許可も取ったし、お父様の説得もした。王家よりも財力があり貴族からの信頼も厚いラウール辺境伯ならと宰相らしい頷《うなず》き方をしていた。

一つだけ、本当に嫡男でよいのかと何度も聞かれた。どうやら二二歳の次男、二〇歳の三男と辺境伯には未婚かつ婚約者のいない三兄弟がいるらしい。なんでも嫡男の婚約が整ってからと順番を守ろうとした結果……らしい。

　次男、三男なんてとんでもない。

　私は、私を愛さない宣言をあれだけ堂々としたリューズ様がいいのだ。

　こうして、私が目の前にいるのに迷惑そうな？　様子のリューズ様がいいのだ。

　ちなみにリューズ様のご両親の許可は陛下が持っていた。誰でもいい、とにかく婚約者を探してほしいとの嘆願書みたいなやつ。

　つまり、反対勢力ゼロ。リューズ様の味方は誰もいませんことよ？

　ほら、このお屋敷の皆様も、私に温かい目を向けてくださっております。

「あの、エリーゼ様で……あれば、僕なんかよりふさわしい者がどれだけでもいるでしょう……」

「皇太子殿下に婚約破棄された私ですよ？　国内で王家から何か言われても退けられるだけの力を持った家がどれほどあると思いまして？」

　に、が、さ、な、いっ、ですわ。

「う……うう……。で、では、弟は、僕には弟が二人いまして……、僕のような男よりはいくらかまし、ましだ……あ、あの、家督も、その弟に譲りますし」

「あら？　もしかして愛さないということを気にしていらっしゃいますの？　私、愛してくださいませなどと申しませんわ。世継ぎのことでしたら、それこそ弟の子を養子にするなりして家督を譲ればよろしいのですわ」

　おっと。それから、これもちゃんと言っておかないと。

「もちろん、リューズ様が愛人をお持ちになるのもかまいませんし、愛人の子に家督を譲ることに反対もいたしませんことよ？」

「なっ、愛人、そんなものつくるつもりはないっ！　ぼ、僕が好きなのは……いや、あの、と、とにかく、はぁー、ああ、無理、無理、会話しているだけでも心臓が……」

　リューズ様が苦しそうに胸を押さえて頭を振り出した。

　あれ？　私って、そこまで嫌われてる？　会話してるだけでも逃げ出したいくらい？

　……えーっと、私が殿下に手を握られ腰に手を回されているときみたいな気持ちかしら？

　だとしたら申し訳ない……けれど。

　そんなに距離を置きたい相手なら、好都合この上ないわ！　ごめんなさいね、リューズ様ぁ！

　一応ね、噂は集めた。リューズ様は人がよく押しに弱いと。

「リューズ様にはご迷惑かもしれませんわね……ですが、私、皇太子殿下に国内の貴族が集まる場であのように婚約破棄をされてしまいました……。とても王都で生活を続けることなどできそうにありませんの……どうか、助けてくださいませんか？」

　息を止めると、苦しくなってほほがちょっと赤くなり、目が潤んでくる。

　これ、あざとい女のウソ泣き技ね。王妃教育で学んだわ。

「よ、妖精姫……まさか、僕が……泣かせて……ああ、ファンの風上にもおけぬ……推しを悲しませるなど……」

　ああ、もしかしたら目の前で女性に泣かれるなんて経験はしたことがないのかな？　リューズ様がまた呪詛を吐き出しながらもしゃもしゃの頭をかきむしりだした。

ご、ごめんなさい。でも、逃がしたくないの。

「誹謗《ひぼう》中傷から推しを守る……誹謗中傷から推しを……妖精姫守護隊副隊長の僕が……守らなければメンバーに……守護隊メンバーに顔向けが……」

呪詛は止まらない。もしゃもしゃの髪の毛に隠れて目の表情が見えないので、恨みがましい表情をしていても分からない。

「わ、分かりました。ぼ、僕と婚約しましょう……」

やったぁ！

「ほ、ほとぼりが冷めたら、婚約解消……してくださって構いません……」

はぁ？　何ですと？

結婚するに決まってるわ！

あ、でも……。

リューズ様にも人生があるし……。どうしても私と結婚したくないのにあまりに無理強いをするわけには……こ、こうなれば、余命わずかな寝たきりの人を探そう。うん、そうしよう。

婚約期間中に新しいターゲットを探すなんて失礼かもしれないけれど。私のわがままで、リューズ様の人生をめちゃめちゃにするわけにはいかない。大丈夫、二度婚約破棄されたとなれば、爵位だとかお父様も世間もごちゃごちゃ言わないわよね。で、余命短い旦那様が亡くなったら修道院へ行く。

よし、これだ！

リューズ様との婚約は時間稼ぎのようなもので、しばらく防波堤になってもらうということで。

「ありがとうございます！　では、こちらにサインをお願いしますわね」

「うわっ、はい、あ、うう、妖精姫の生サイン……かわいい……文字まで尊い……」

また何やら呪詛を口から漏らしつつ、ぷくぷくした手にペンをもった。

あら、爪《つめ》の形が美しいわ。それに、文字もなんて品があって流麗なのかしら……。

気が付いたら、赤ちゃんのようにぷくぷくした手に、手を伸ばしていた。

「なっ！」

触れるか触れないかまで伸ばしたところで、ものすごい勢いで手を引っ込められた。

「あ……ご、ごめんなさ……」

びっくりして、目を見開いてリューズ様の顔を見た。

まず、自分の行動にびっくりした。男の人の手に、手を伸ばすなんて！

男性に触れられれば気分が悪くなり避けているというのに……。なんで手を伸ばしてしまったのだろう。赤ちゃんみたいな手だから？　柔らかいのかしらと思ったらつい、ちょっと触ってみたくなって……。

そして、拒否されたことに、思いのほか胸が苦しくてびっくりした。

「い、いや、そのもしかして、思い直して、僕がサインを、その、するのを止めようと？　あ、だったら、すぐに……あ、あの、僕みたいな男とほんの一瞬でも婚約するなんて嫌ですよね？」

リューズ様の方が嫌なんでしょう？　でも、私を気遣って言葉を選んでくれているのよね……。

「いいえ、あの……。迷惑をかけているのは私の方で……。本当に嫌でしたら、断ってくださ……って……も……」

どうしよう、ちょっと泣きそうだ。

ウソ泣きじゃなくて、本当に泣きそう。

「あ、あいえ、点を書いたら完成です」

リューズ様がちょいっとサインに点を足した。

「これで、婚約が成立……あ、いや、提出するまではまだでしょうか？　いえ、でももう婚約したのですから、えーっと、そう、婚約者にドレスを贈らせてください」

リューズ様が、泣きそうになっている私を慰めようと言葉を発した。

「あ、あの……」

愛さないと言っていたのにドレスを贈る？　優しい。いい人すぎるよ。

「課金、課金……婚約者の衣装をそろえる、立派な理由、課金し放題……推しへの課金……ぐふっ、あこがれの……課金……！」

呪詛をぶつぶつつぶやくリューズ様に首を横に振ってみせる。

「ぼ、僕からの贈り物は、迷惑？」

ちょっとショックを受けたような言葉が返ってきた。

「いえ……意に沿わぬ婚約をさせただけでも迷惑をかけていますし……これ以上、何かしていただくつもりは……」

「したいんですっ！　せっかく、妖精姫と……いえ、あの、昨日《きのう》、会場で愛することはないなんて言って、恥をかかせてしまいましたので……そ、そのお詫《わ》びに……」

　ああ、確かになんだか皇太子に婚約破棄をされたことが吹っ飛ぶくらい、リューズ様の言葉で会場がざわめいていた気はする。

　私を笑う声は気にならなかった。

　でも……リューズ様を……辺境豚と罵《ののし》るような言葉もたくさん耳にしましたね。それはちょっと思い出すと腹が立つかもしれません。優しくて美しい文字を書くこの人を……。まぁ私もうっかり辺境豚と呼んでしまいましたけれど……。

　そうだ、迷惑をかけてしまうお詫びに、リューズ様を馬鹿《ばか》にしていた人たちを見返す協力はできないかしら？

　辺境伯領をより発展させるとか。

　私がリューズ様にとても幸せにしてもらっているという姿を見せるとか。

　……うん。そうしよう。

　愛せない私のことも大切にする優しい人だと皆が知れば、私との婚約を解消したあと、素敵な方と結婚できるようになるよね。

　よし。目いっぱい幸せアピールするぞ！

　リューズ様は素敵な人だとみんなに教えるんだ。

「ありがとうございます。何枚かドレスを作っていただいてもよろしいかしら？」

「は、はい！　ぼ、僕が贈ったドレスを、着てもらえるなんて……生きててよか……ごにょにょ。早速、王室御用達の仕立て工房を呼びましょう」

リューズ様の声が弾んでいる。

私がドレスをお願いしたことで喜んでくれたの？

こんなに迷惑をかけているというのに……。嬉しい。やっぱりリューズ様は優しい。

リューズ様に贈っていただいたって、ドレスをいっぱい自慢しよう。

慌てて立ち上がって、今にも執事に指示を出しそうなリューズ様を止める。

「ま、待ってくださいませリューズ様。ドレスは、王都では作りませんわ！」

「え？」

「ラウール辺境伯領で注文いたしますわ」

リューズ様がぽかんと口を開けている。目元は見えないけれど、きっと目も驚いた表情をしているだろう。

「ドレス一枚作るのに、かなりの金額が動きますわ」

「そ、それは気にしなくて……推しへの課金を惜しむなど」

推しへの課金？　なんのこと？　まぁそれはさておき。

「私へのドレスの代金は、ラウール辺境伯の領地から得たものでしょう？　領民の税金は領民へと還元するべきですわ。王都の仕立て工房を儲《もう》けさせるつもりはありません。領地の仕立て屋にお金は落とし、経済を回すべきですわ」

リューズ様が立ち上がった。お腹《なか》がぶつかって、少しテーブルが揺れる。

「いや、でも、妖精姫といえば、ファッションリーダーと名高く、王都の流行は妖精姫からもたらされると言われているのに……王都の一流の店でなければ……も、もちろん領地のことを考えてくださるのは嬉しいのですが、その……せっかくの妖精姫の評判を……」

テーブルから離れ、くるりと回って見せる。

何枚も薄手の布を重ねて作ったドレスのスカートが、回ると波打ちふわふわと広がる。

「美しい……！」

リューズ様がぱちぱちと手をたたいた。

私……ではなくドレスを褒めてくれたのよね？

「褒めていただいて嬉しいですわ。私が身に着けているドレスは、どれもデザインしたのは私ですのよ。ですから仕立ての腕さえ確かであればどこで作っても同じですわ。織物を見てからデザインすることもございますし」

「え？　デザインは妖精姫が自ら……？」

「ああ、でもせっかくドレスを作っていただいても着る機会がありませんわね。ラウール領でも素敵なドレスが作られるということを広めることができませんわ……」

自慢したいのに！　王都の舞踏会には流石《さすが》にしばらく足を運ぶのは遠慮したいし……。

「で、でしたら、絵師を、いえ、画家を呼びましょう。妖精姫シリーズの絵画は人気があります。絵を見てドレスに惹《ひ》かれる人もいるでしょう」

……。

「えーっと、妖精姫シリーズの絵は、確か将来の皇太子妃、王妃の顔を広める目的で制作されて広まっていたと思うのですが……。婚約破棄され、評判も落ちた私がモデルになった妖精姫の絵は売れないのでは？」

「いえ！　売れます！　むしろあんなことがあって今後絵画の供給が減るのではないかと過去作品が高値に……僕のところにもコレクションへの問い合わせが」

「え？　コレクション？」

興奮気味に話をしていたリューズ様があわわと口を閉じる。

「いえ、あの、その……、妖精姫と婚約するのであれば、えっと、あー、新しく絵をその……どうするのかと尋ねられて……」

うんと考える。

「もし、需要があるのであれば、モデルを続けましょう。ラウール領のどこの工房で作られたドレスを着用した絵だと説明書きをつけてもらえば宣伝になるでしょう。私の評判のせいで絵画が売れないようであればエリーゼがモデルとなっているということを忘れてもらうために妖精姫の容姿を変えて描いてもらうのでもいいわね」

「それは、だめですっ！　妖精姫はあなたなのですから！」

……はぁ……。

「では、ラウール領に到着したらドレスを注文しましょう。出立は早い方がいいですわね。私も王都にはあまり長くいたくありませんし。ああ、でも画家は辺境の地へ来ていただけるでしょうか。ドレスの仕立て工房はあるでしょうが、画家は……」

貴族の肖像画を描くことが主な収入源だ。貴族が多く集まる王都におのずと画家も集まる。

リューズ様がふふと笑った。

「任せてください。あてがあります。公式絵師になりたいという者なら数知れず」

公式絵師？　どういう意味でしょう？


それからわずか十日後にはラウール領に出発することになった。

婚約しただけなので、結婚前の行儀見習いという名目での移動だ。

「い、いっしょの馬車……など、と、とんでもないっ」

一週間ほどの移動は別々の馬車で向かうことになった。

「やっぱり、嫌われているのよねぇ……」

「はい？　エリーゼお嬢様、何かおっしゃいましたか？」

馬車に一緒に乗っているのは侍女のメイシーだ。

「うん、リューズ様には迷惑をかけちゃったなぁと思って……」

メイシーが首を傾《かし》げた。

「全然迷惑がっているように見えませんけれど？」

「何を言っているの。話しかければ身を硬くするし、顔を覗《のぞ》き込めばそらされるし、今だって同じ馬車に乗るのも嫌そうなのに……」

　メイシーが残念な子を見るような目を私に向ける。

「いえ、それはですね……」

「ううん、いいのよ、分かってる。私も殿下に話しかけられたらそうだったもの。身構えて身を硬くしたし、目をいつだってそらしたかったし、一緒にいるのが嫌で逃げ出したかったもの……」

　はぁーと大きくため息をついた。

「ま、まぁ、確かに行動そのものは確かに似たようなものですが……でも、気持ちは全く違うと思いますよ」

　メイシーが自信ありげに頷いている。

「気持ち？」

　私の場合は我慢しなくちゃ、逃げたい、つらい、でも国のために頑張らないと……という感じですね。

　リューズ様は？　かわいそうな私を見捨てられない？　恥をかかせてしまったお詫びのつもり？

　一〇歳年下の子供の面倒をみないとと思っている？

　胸の奥がちょっともやもやする。

「まぁ、迷惑かけてしまっているのは本当だもの。嫌われても仕方がありませんが、とにかく恩返しはしなければと思っているの！　メイシー、恩返しに、領地を発展させる手助けができればと思っているのよ。それからリューズ様の汚名を返上するというか、人に見なおしてもらうために幸せアピールをしていくつもり。他に何かアイデアがない？」

　メイシーは即答した。

「見た目改善でしょう。せめて人並みの体重。猫背矯正。あとは髪型と、まともな服」

「……あ、そうね。服。服なら私、手助けできそう。ドレスをデザインするときに、お揃《そろ》いでリューズ様に似合う服もデザインして注文しましょう。服に似合う髪型といって、髪型もいじらせてもらいましょうか……。体重は……難しいかも」


　ラウール領に到着すると、歓迎パーティーが準備されていた。

　リューズ様のご両親と弟、それに幾人かの親しいご友人や使用人に囲まれて歓迎される。

……えーっと。

　ちらりとリューズ様の横顔を見る。

　しばらく形ばかりの婚約者でいるだけで、結婚する気はないという話は伝えてないのかしら？

「さぁさぁ、お口に合うか分かりませんが遠慮せずに食べてくださいませ」

　テーブルには食べきれないほどの食事が載っている。その中でもお菓子の種類と数は半端なく多い。

「我が領地の特産品は砂糖なのでこうして好きなだけお菓子が食べられますぞ」

　そうそう、ラウール領の特産品は砂糖。国内外の需要は高く領地が富んでいる理由だった。そりゃ領地では使い放題ですよね。

　リューズ様のご両親がにこやかに料理を進めてくる。二人とも多少ふっくらとしてはいるものの、リューズ様のように太りすぎているわけではない。弟二人もだ。

となると、なぜリューズ様だけあのように太ってしまっているのか？

「はい、いただきます」

お菓子を一つ手に取り口に運ぶと、めちゃくちゃ甘い。

ううう、甘い。おいしいけれど、これは小さなもの一つ食べれば満足する甘さだ。

隣に座るリューズ様を見ると、胸元からとりだした何かを口に入れた。それから、次々にお菓子を口に運んでいる。

あ、あああ！

それだ。そのお菓子を食べすぎるのが太った原因だ。

しかし……こんなに甘いのに、よく食べられるよね……。

私が手を止めてしまったので、辺境伯夫人が心配そうな表情になる。

「お口に合わなかったかしら？」

「いえ、大変おいしいですわ。ですが、その、あまりたくさんは食べられなくて」

「あら、まぁ、そうね。妖精と言われるだけあって折れそうなくらい細いものね。食べる量も妖精みたいね」

いえ、コルセットでガンガン締め付けられて生活してきたせいで小食なだけで……。褒めてもらうようなことでは……。

食事を終えると、リューズ様が部屋へと案内してくださった。

「甘いものがお好きなのですね」

「いや、好きではないです……」

は？　い？

思わず口から漏れてしまったと言わんばかりに口を防ぐと、リューズ様が慌てて周りをきょろきょろと見回した。

そして、声を潜めた。

「い、今のは聞かなかったことに、し、してください」

って、ちょっと。

「待ってください、でも、随分食べていらしたのに」

甘いものが好きじゃない人が食べる量じゃなかったよね。

「あ、いや、だから、その……。ち、小さい頃《ころ》は好きだったのですが……。喜んでお菓子を食べる僕に、料理人は新しいお菓子をいろいろ作ってくれるようになったし、両親も食べている僕を嬉しそうに見ていたから……その、成人した頃からはあまり甘いものが食べたいと思わなくなってしまったけれど……」

まさか！

「せっかく作ってくれたから残すに残せなくて無理して食べていらっしゃるというの？」

辺境豚のお肉は優しさでできているってこと？

この立派な腹の肉も、顎下《あごした》の肉も、背中の肉も、二の腕のぶよぶよも、お菓子を食べると喜んでくれる誰かのために……食べすぎてできたというの……。

リューズ様のぜい肉には優しさが詰まっていると……。

そのせいで自分が辺境豚などと陰口をたたかれているというのに……。

「いや、その無理はしていないんです……よ」

「でも、甘いものが苦手なのに」

あの甘さのお菓子は……無理しなくちゃ無理なのでは？

リューズ様が観念したように何かを取り出して私に見せる。

葉っぱのようだ。

「ギムネマの葉……といいます。これを食べると、甘さを感じなくなるのです」

は？

「あ……甘さを感じなくなる？」

そんなものを使ってまでお菓子を……。

「まだ、葉っぱを持っていらっしゃいますか？」

「ええ」

リューズ様がギムネマの葉を取り出した。

「没収です。もう使わないでくださいまし」

「え？　あ、でも……」

「食べすぎです。太りすぎです」

リューズ様が自分のお腹に手を当てた。

「す……すまない……夫となる……予定はなくとも、婚約者がこのようなみっともない姿では……嫌な思いを……」

くっ。

「私、リューズ様がみっともないから嫌だなんて一度も思ったことはありませんわ！　そうじゃありません、太りすぎていては病気にかかりやすく、早く死んでしまうと聞いたことがありますの。リューズ様に早死にしていただきたくはないのですっ！」

リューズ様の手を両手で取る。

「お願いです。お菓子を残して悲しむ人のことを考えられるのなら、想像してみてください。太りすぎて早死にしてしまったら、逆にお菓子を食べさせていたことを悔いる人々が出てくるのではないですか？　あんなに食べさせてしまったからと……」

私の言葉に、リューズ様がびくりと体を揺らした。

「妖精姫……」

首を横に振る。

「私の名前はエリーゼですわ、リューズ様。妖精姫は私をモデルにしてはいるけれど架空のキャラクターですわ。あなたの目の前にいるのはあなたの婚約者のエリーゼです」

なぜだろう。唐突に名前を呼んでほしくなってそう言う。

「こ、婚約者の……エリーゼたん……あっ、手、す、すみません」

え？　手？

見下ろすと、リューズ様の手をがっしり両手で握っていた。

「ご、ごめんなさい！　あ、あの、と、とにかく、ま、また明日《あす》！」

慌てて部屋の中に入ってドアを閉める。

「大丈夫ですか、エリーゼお嬢様」

部屋に入ると、メイシーが心配そうに私の顔を見る。

「手を握っていましたが、男性に触れると気持ちが悪くなるのでは？　すーっとするお茶をご用意しますね」

メイシーがチャカチャカと働き出す。

気持ち……悪い？

先ほどリューズ様の手を握ってしまった手を見る。

柔らかくて温かかったな……。

リューズ様こそ、私に突然手を握られて気持ち悪かったんじゃないだろうか……。生意気にも太りすぎだなんて着いて早々食事内容に口出ししてしまったし……。

嫌われることばかりしてる気がする。

愛されることはなくても、友人として……穏やかに過ごしたいと思っているのに……。

テーブルの上にメイシーがカップを置く。

「あら？　これは何ですかお嬢様、新しい茶葉ですか？」

ハンカチにくるまれたギムネマの葉を見つけてメイシーが首を傾げる。

「ああ、これは、甘さを感じなくなる葉っぱ」

「え？　何ですかそれ？」

だよねぇ。何それだよねぇ。一枚手に取り口に含む。

うん、葉っぱ自体が舌がしびれるように辛《から》いとかそんな感じじゃないわね。

お茶請けに用意されていたクッキーを口に入れた。

「あら、メイシーこれはこのお屋敷で用意された砂糖たっぷりクッキーではないのかしら？」

食感はクッキーだけれど、まったく甘くない。これだけで食べるのはちょっとつらい味だ。甘いお茶と一緒に食べるためのものなのだろうか？

「いえ、そんなはずは……」

メイシーが私に確認をとり一つクッキーを口に入れる。

「甘っ。これ、王都で売っているクッキーの三倍は甘いですよ。おいしいですけど、私はもう少し甘さ控えめが好きです……料理長に王都の味に近づけてもらえるようにお願いしてきましょうか？」

え？

テーブルの上のクッキーを見る。

「甘い？　本当に？」

「大丈夫ですか、エリーゼお嬢様。いろいろあったので疲れているのでは？　疲れると食べ物の味が分からなくなると言いますし」

いえ、疲れてないですよ。むしろ婚約破棄されて、王妃教育から解放されていつになく体調は万全です。

移動の疲れ？　疲れるどころかいろいろ見ることもできて楽しくてもっと続けたいくらい！

ああ、そう、リューズ様が疲れてませんか休憩を取りましょうか、見たいものがありますか、宿に不満はありませんか、おいしいものがあるんですよ……と、いろいろと気遣ってくれたからかもしれない。

「メイシー、これをちょっと食べてからもう一度クッキーを食べてみて」

「はぁ……？」

言われるままにメイシーはギムネマの葉を食べてからクッキーを口にした。

「え？　あれ？　お嬢様、あれほど甘かったクッキーが全然甘くありません……え？　甘さを感じなくなる葉っぱって……え？　ええ？　えええ？」

「びっくりよね……。甘さを感じないって本当だったのね。でも、これならいくら甘くてもどれだけでも食べられるわよね……」

メイシーが苦笑いする。

「むしろ、お菓子をもっと食べたくても、甘くないと食べたくなくなりますね……」

ん？　確かに……甘いお菓子が食べたいと思っても、ケーキもクッキーもこんなに味気ないと食べたくなくなる……。

「ああ、それよ、メイシーそれ！　この葉っぱの使い道は、それよ！」

自制できるのであればいい。でも、どうしても食べたい気持ちに負けてお菓子に手を伸ばしてしまう者もいる。太ったり虫歯になったり御飯が食べられなくなったり散財したりと、中毒になるほどお菓子を欲して食べ続けるのは危険だ。

ギムネマの葉は、そういった甘いもの中毒を止められる薬になるんじゃないかな。

砂糖の産地が甘いもの中毒を止めるための薬も売る。一見売り上げが落ちそうだけど、むしろどれくらいまでなら甘いものを食べても大丈夫と制限があると、ぎりぎりまで食べる人が増えて売り上げが落ちることはないと思っている。

それから、半年が経《た》った。

ギムネマの葉は、お菓子の食べすぎ抑制薬として飛ぶように売れている。もちろん砂糖とともに。食べだしたら止まらない人は一週間に一度とお菓子を制限していたのが、ギムネマの葉を使い毎日少しずつ食べるということが可能になったからだ。

ますますラウール領の財政は潤っている。

しかし……。

「妖精姫の魔法の薬って、この商品名はなんなの？」

メイシーがくすくすと笑っている。

「辺境豚の呪いを解いた魔法の薬だと、効果抜群だと噂が広がっていますよ」

「失礼ね。辺境豚の呪いだなんて。リューズ様は自分で努力して痩《や》せたっていうのに……」

窓の外を眺めると、リューズ様が乗馬する姿が目に入る。乗馬は全身運動なのだ。そして、背筋をピンと伸ばさないとバランスが取れないことで猫背もかなり改善されてきた。

いつか、一緒に遠乗りに連れていってくださいまし……と。

何度も口に出そうとして言葉がうまく出てこない。

「あれだけかっこよくなってしまったら、リューズ様は社交界ではモテるでしょうね……」

痩せただけだ。

リューズ様はずっと優しいままだし、呪詛も相変わらずだ。何も変わっていないのに……。

リューズ様は変わった。とても素敵になったと……。

王都から聞こえてくる噂を聞くたびに胸がぎゅっと縮む。

「大丈夫ですよ。リューズ様はどれだけモテようと、愛人を持つような方ではないと思いますよ？」

メイシーの言葉に頷く。

誠実だっていうことは知ってるわ。でも、一途《いちず》に愛されるのは私じゃないのよ。

半年も経つのに、リューズ様は相変わらず私が近づくと慌てて距離を取ろうとするし。立ち入りが禁じられた秘密の部屋にこもっちゃうし。

やっぱり、ちゃんと婚約を解消してリューズ様を自由にしてあげないといけないわよね……。これ以上迷惑をかけるわけにはいかないもの。

領地は砂糖の売り上げが伸びただけじゃない。服飾の聖地、ファッションの街として発展しはじめた。

　リューズ様の辺境豚という名も撤回できたから恩返しは十分だと思う。

　余命少ない貴族リストもお父様にお願いして用意してもらったし。

　婚約を解消する準備はしっかり整っている。でも……。もう少し、リューズ様の婚約者でいたい。

　せめて……。一緒に、遠乗りをしてから去りたい。

　リューズ様の操る馬に、二人で乗って風を感じたい。

　あれ？　自分の想像にびっくりして顔が赤くなる。

　二人で馬に乗るなんて、体が密着……しちゃうわ……。わ、私、男性に触れるのなんてまっぴらって思っていたのに……。

　なのに、どうしてリューズ様と一緒に馬に乗る想像なんて……っ。

　でも、婚約を解消する前に……思い出がほしい。

　リューズ様と……一度でいい。

　遠乗りに連れていってくださいと……。一緒に馬に乗りたいとお願いしてみよう。

　どれだけ呪詛をつぶやかれようと……。泣きまねを駆使しても、嫌がられても、一度だけ……だからと……。

　きっと、優しいリューズ様は願いを叶《かな》えてくれるだろう。

リューズの元に妖精姫守護隊メンバーから手紙が届くのはもう少し後のこと。

ちなみに、妖精姫守護隊とは、エリーゼのファンクラブである。

妖精姫シリーズの絵画を飾り、愛《め》で、いかにエリーゼが素晴らしいかを語り合う秘密組織。

社交界でその姿を陰から見ては尊いと身を震わせる怪しげな集団である。

多くの高貴なる者が所属する団体には鉄の掟《おきて》がいくつもある。

そのうちの一つに『会則十二条、推しに手を出す行為を禁ず』がある。破れば社交界での立場はなくなる。

ただし、掟が適用されるのは、妖精姫守護隊メンバーに限る。

妖精姫の絵画が所狭しと飾られた秘密の部屋でリューズが開いた手紙にはこう書かれている。

『全会一致で会員番号〇〇一副隊長は永久欠番。追放とする――』と。

婚約破棄処理科のとある女性職員の嘆き

香月《かづき》 航《わたる》

ill. なま

定時退社。それは、勤め人ならば誰《だれ》でも当たり前のようにしている日課だと思う少年少女もいるかもしれない。

しかし、現実とは過酷なものだ。特にこのような、皆からの羨望《せんぼう》の眼差《まなざ》しを受ける職場……いわゆる『城勤め』となると、定時で上がれることなど月に三度もない。

中でも、ひときわ忙しいと噂《うわさ》されるアマリアの部署では、今日《きょう》も大半の者がごく自然に残業を受け入れ、なんなら眠気覚ましのコーヒーを粉末瓶ごと持参している。

そんな同僚たちには申し訳ない話だが、アマリアは今日、どうしても定時で上がらなければならない理由があった。

それはもう、上司に「今日だけは何がなんでも帰ります！」と二週間も前から訴えていた、とてもとても大事な用事だ。

「――よし、終わり！　お先に失礼します！」

長針が十二を示すと同時に、勢いよく席を立つ。

「……おう、お疲れ。楽しい夜になるといいな」

幸い、仲間を置いていく薄情な女を止める者はなく、むしろ労《ねぎら》いの言葉をかけてくれるので、人員の質には恵まれた職場だ。……全員死んだ魚のような目をしてはいるが。

アマリアもそんな彼らに会釈を返しながら、仕事場を出て隣接する更衣室へと向かう。ここは別棟とはいえ王城だ。造りは他《ほか》の建造物とは比べものにならないほど素晴らしいが、淀《よど》んだ空気漂う過酷な部署では全てがくすんで見えてしまう。

だが、それも終わり。ここからは個人の時間だ。

普段は『田舎《いなか》貴族の家庭教師《ガヴァネス》よりも地味』と揶揄《やゆ》される黒一色の制服ドレスを脱ぎ捨て、とっておきのよそいきワンピースに着替える。大切な〝彼〟の瞳《ひとみ》の色でもある碧色《みどりいろ》のそれは、簡単に着替えられる割には華やかに見えるのでお気に入りの一着だ。

メイドたちよりもきつく結った茶色の髪も、ほどいて櫛《くし》を入れればそれなりに。

あとは共用のお手洗いに寄って、ほとんど残っていない化粧をし直せば完璧《かんぺき》――とアマリアが足を踏み出した瞬間、荒々しい音を立てて隣の仕事場の扉が開かれた。

「婚約破棄発生！　すぐに手続きを始めてください!!」

「いやあああああああああああ!!」

……この一言で、アマリアの楽しい楽しい週末の予定は、脆《もろ》くも崩れ去ることになる。

何故《なぜ》なら、この部署の名は【婚約破棄処理科】なのだから。

始まりは、隣国から入ってきたという一冊の物語だった。

『身分違いの二人が真実の愛を掴《つか》む』というありきたりのテーマながらも、丁寧な描写が人気を博し、瞬く間に増刷。歌劇などの舞台化も行われ、貴族の若者を中心に大流行した一作だ。

その作中で最も重要だと言われるシーンが〝衆人環視下での婚約破棄〟だったのである。

皆の前で悪役の罪を明らかにし、また自身の愛を宣言するというわかりやすく盛り上がる構成は、舞台でも派手に演出された。何せ創作なので。

ところが、物語に影響を受けた多感な年頃《としごろ》の貴族たちの間で『婚約破棄』までもが流行し始めてしまったからさあ大変。

幼少期から決まっている婚約といえば、それはもう様々な思惑が絡んでいる。好いた惚《ほ》れたなど関係ない、家同士の契約なのだから当然だ。

その大事な契約を、若い令息令嬢がノリと勢いだけで破棄するのだから、親世代は頭を抱えて崩れ落ちた。しかも、目立つところで大々的にやらかすものだから誤魔化しようがない。

そんな悲劇が何度も続いた結果、多くの貴族たちのもとで領地運営や事業が滞り、被害総額は国も無視できない莫大《ばくだい》なものへと膨らんでしまった。

事態を重く見た国王たちは、急遽《きゅうきょ》城の有能な文官と騎士を集め、特別対策部署を設立する。

それが、アマリアが籍を置くここ【婚約破棄処理科】である。

「勘弁してよ！　なんで今日なのよ、もおお‼」

「週末だからねえ……ハハハ」

一度ほどいた髪を結び直し、再び仕事机へ戻ったアマリアはペンを走らせていく。

婚約破棄が起こってしまった以上、対応にはとにかく迅速さが求められる。そのため、本来なら越権行為にあたる処理も、婚約破棄処理科なら特別権限によって手配することができるのだ。

専門機関と提携し、事実確認の調査依頼から慰謝料の相談、手続きなども全て担っているこの部署は、まさしく精鋭中の精鋭といえよう。

（エリートだから何だっていうの！　ちっとも嬉《うれ》しくない‼）

力を込めすぎたペン先が、鈍い音を立ててインクを散らす。

確かに、城勤めの中でもエリートである彼らは、世間からは憧《あこが》れられる立場だ。

しかし実状は、毎日毎日残業三昧《ざんまい》。せっかくの休日でも、婚約破棄が起こったら呼び出されることが多く、誰も彼も目の下に消えない隈《くま》をこしらえている。この現実を知ってなお羨《うらや》ましいなどと口走るのは、特殊な趣味の者だけだろう。

アマリアの今日の予定――二か月ぶりにとれた婚約者グレッグとの夕食の約束も、この婚約破棄のせいで中止になってしまった。

(今夜だけを楽しみにして、残業の日々にも耐えてきたのに……)

実はアマリアも、こう見えて子爵位を賜る家の次女だ。対するグレッグは商家の三男で、なれそめは仲のよかった両家の親の間で結ばれた婚約である。

こう聞くと婚約破棄に勤《いそ》しむ若者と同じように聞こえるが、違ったのはアマリアたちには継ぐ家がなく、自分たちの力で暮らしていかなければならないと最初からわかっていたことだ。

なので、彼は実力で叙任され騎士団に勤めており、実家ではなく独身寮で暮らしている。

(お父様には、合わないようなら解消してもいいと言われていたわ)

だが、いざ話してみると考え方や金銭感覚、また工作趣味などが意外にも合い、長い交際を経た今は「この人しかいない」と思える大切な相手になった。

毎日多忙でなかなか会うこともできないアマリアを「将来のことを考えたら、今のうちに沢山稼げるのはいいことだ」と笑って労い、突然の予定変更すら咎《とが》めないでくれる優しい人でもある。

（……でも、さすがにそろそろ限界よね）

報告が入ってからすぐに人を頼み、今日の約束の中止を知らせてもらったが、こうして突然断ったことも一度や二度ではない。

アマリアがそうであったように、グレッグもまた、今日のために時間を空けてくれていたはずだ。それをほんの数時間前に中止にしてくるなんて、アマリア自身も非常識さを怒りたくなる暴挙。いい加減、愛想をつかされてもおかしくない。

（グレッグに最後にちゃんと会えたの、いつだったかしら）

婚約破棄処理科に所属してからというもの、とにかく仕事仕事でお互いの誕生日すらまともに祝えた記憶がないことに気付く。

彼の皮の硬い手に触れられたのはいつだったか。名前を呼んでくれる低くて甘いあの心地よい声も、ちっとも思い出せなくて涙が出そうだ。

（ああもう、こんな時に破棄の文字を見なきゃならないなんて、縁起でもない!!）

罪悪感からか、目の前に鎮座する『婚約破棄』の書類が、アマリアに語りかけてくるように見える。

冗談ではない。自分たちの婚約は、その場の勢いで破棄できるような軽いものではないはずだ。多分きっと……そう信じたい。

（でも、グレッグには正当な理由があるわ）

彼が頭お花畑な破棄騒動に便乗するとは思わないが、手順を踏んで解消するほうの理由なら充分すぎるほど思い当たる。婚約者をないがしろにしてきた、アマリアが十割有責だ。

自分たちには領地などの面倒な手続きも必要ない。アマリアがいくらか慰謝料を支払えば、簡単に終わってしまう関係なのだから。

「……私も悪いけど、全ての元凶は婚約破棄よ！　やだやだ、別れたくない……」

「ちょっとアマリア大丈夫？　ソレあたしが代わろうか？」

「いや終わったから平気。これ調査機関宛てでお願い」

「グダグダ言いながらも手が動いてるのはさすがよね」

俯《うつむ》きつつも準備した封筒を差し出せば、同僚が苦笑しながら受け取ってくれる。

悲しいかな、これが〝仕事ができるがゆえに〟ここに回された者の性質《さが》だ。かく言う同僚も、計算器を弾《はじ》く指が目視できない速さになっている。

これだけ有能な者を集めても、婚約破棄による被害は未《いま》だ治まらないのだ。如何《いか》に恐ろしいことなのかは、推して知るべしである。

「おのれ婚約破棄め……絶対に許さない」

「はいはい、憎いのは婚約破棄じゃなくて、それをやらかすお子ちゃまたちだけどね」

恨みを糧に、アマリアたちは高速で作業を進めていく。

本音を言えば、やらかした者たちを片っ端から闇討《やみう》ちして回りたいぐらいだが、その権利はアマリアたちよりも不当な理由で破棄された側にあると思うので、皆もぐっと耐えている。

――そうして、報告からおよそ二時間ほど。ようやく初期対応の手続きが完了した一同は、ぐったりと体を椅子《いす》や机に預けてため息をこぼした。

これだけやっても、あくまで〝初期〟の対応だ。突然の婚約破棄よる混乱と、関係各所が暴動を起こさないよう注意を促す程度であり、これからもまだまだ付き合っていかなければならない。

（貴族の婚約はこういうものなんだって、頼むからもう少ししっかり教育しておいてほしいわ）

もっとも、恋に盲目になっている若者たちが、義務の話を聞いてくれるとも思えないが。

（お店の予約の時間からも、一時間すぎちゃったわね）

もちろん、グレッグに知らせるのと同時に店にも取り消しの連絡をしてもらったが、心象はよくないだろう。雰囲気のいいお気に入りの店だったが、しばらくは行けなさそうだ。

（婚約破棄のせいで、大好きなものがどんどん私から離れていくわ……）

神経が太いほうだと自負しているアマリアでも、悲しいことが重なると気が滅入ってくる。

本当なら今ごろは、大好きな人と二人で美味《おい》しい食事に舌鼓を打ち、楽しい時間をすごせていたはずなのに。何故インクで指を黒く染めながら、こんなところで残業をしているのか。

「はあ……駄目だわ。これ以上ここにいるのは精神衛生上よくない。この案件で今できることはないし、私は上がらせてもらうわね」

「あら、これから婚約者に会うの？」

「ううん。今夜の予定は中止にしてるし、家でヤケ酒するわ」

よろよろと席を立つアマリアに、同僚たちから生暖かい慰めの視線が向けられる。

まだ家に帰れない彼らと比べれば、アマリアはマシなほうだ。グレッグには誠心誠意謝罪をして、今度彼の好物を差し入れることにしよう。

そんなことを考えながら、再び更衣室へ足を向けようとしたアマリアの耳に——今一番聞きたくない音が聞こえてきて、ピタリと動きを止めた。

隣の机へ視線を向ければ、同僚も同じように戦慄《せんりつ》した表情で固まっている。

……そう、耳に届いたその音は、つい二時間前に聞いたばかりの慌ただしい足音だ。

誰かが、ひどく急いだ様子で、この部屋に近付いてきている。

「ま、まさかでしょ？　一晩で二件も起こるなんて、さすがに……」

否定の言葉は、最後まで口から出ることなく、かき消された。

荒々しく開かれた扉と、息せき切った訪問者の〝そのまさか〟の叫びによって。

「た、大変です！　レイニ侯爵家の夜会で、婚約破棄が起こりそうとの通報が!!」

『馬鹿《ばか》じゃないのか!?』

答えたのは、部屋にいた処理科の全員だ。

建物を揺らすような怒声に、憐《あわ》れな訪問者は扉で尻《しり》もちをついてしまっている。

婚約破棄。またしても婚約破棄である。

「ふざけんな！　俺《おれ》昨日《きのう》から家に帰れてねえんだぞ!?　貴族には人の心とかねえのかよ！」

「そんなもんあったらウチみたいな科ができるわけないだろ、諦《あきら》めろ……」

ダンッと机に拳《こぶし》を叩《たた》きつける者から、哀愁漂う表情で遠くを見つめる者まで様々だが、すでに皆の手だけは処理に向けて動き出している。

こういうところが本当に有能な者だけを集めた職場の悲しい点だ。俗称で『社畜』という言葉があるらしいが、まさしくその通りだと思う。

「おい、アマリア」

嘆きつつもゾンビたちが動き出す中、室内でもっとも地位の高い中年の男性が、くたびれた声でアマリアを呼びつける。

渋々ながら従えば、彼はサラサラッと何かを書類の切れ端に書き殴った。

「なんでしょうか？」

「レイニ侯爵家の別邸までの地図だ。悪いが、お前が現場に向かってくれ。立て続けに婚約破棄が起こったせいで人手が足りないんだ。これが終わったら直帰していいぞ」

「はあ……」

案の定、仕事の指示だったようでガックリと肩を落とす。

本来なら直帰という言葉は魅力的なはずだが、定時には上がれていた予定を思い出すと気休めにもならない。

（まあ、上司に文句を言っても時間は巻き戻らないしね）

「夜会だと言っていましたが、この格好でも大丈夫でしょうか？」

「婚約破棄の前では、ドレスコードなんて些末《さまつ》なことだろ。それに、通報が入ってるなら、騎士団の連中が先に向かってるはずだ。文句を言うやつがいたら、しょっぴいてもらえ」

「ですね……」

誰も行きたくて行くわけではないのだ。つまらない理由で足止めされるなら、騎士団的に言う公務執行妨害である。

「……ああでも、この辺りだと辻《つじ》馬車は近くに停《と》まりませんね。この時間に使っていい馬車はありましたっけ？」

「何言ってんだアマリア。馬車なんて頼んでるヒマあるわけねえだろ。馬でいけ馬で」

「…………わかりました」

乗馬が教養科目にある貴族生まれだったことを、喜べばいいのか悲しめばいいのか。

少なくとも、職場も上司も訴えたら勝てると思う。

かくして、デートに着ていく予定だったワンピースのままで馬を走らせたアマリアは、伝令役もびっくりの速さでレイニ侯爵家の別邸に到着した。

完全にヤケを起こした上の行動だが、端から見れば仕事熱心としか思われないのが忙しい部署の唯一のいいところだ。

「し、失礼、どちらの方でしょうか？　招待状は？」

「ごきげんよう、婚約破棄処理科の者です」

「おお！　お待ちしておりました!!」

アマリアの様子に訝《いぶか》しげだった侯爵家の警備員たちも、所属部署名を名乗ればすぐさま姿勢を正し、救世主を迎えるように喜んでいる。

どう見ても怪しい風体のアマリアに対してもこうなのだから、婚約破棄の恐ろしさが窺《うかが》えるというものだ。

「通報があったと聞きましたが、本当なのですね」

「はい！　本日は先代様の誕生日祝いの夜会なのですが、若君が婚約破棄を実行すると息巻いておりまして。使用人はもちろん、ご友人様がたにも協力をいただいて止めておりますが……」

　もうもたない、と警備員たちはそろって俯く。その顔色は暗がりでもわかるほど悪い。

（引退した先代をわざわざ王都の邸宅で祝うなんて、人望のある方なんだわ。まさか、孫がその席をぶち壊そうとしているとは、思ってもみないでしょうね）

　孝行のつもり、なんて恐ろしい勘違いをしていそうなところが笑えないが、とにかく今はまだ婚約破棄は起こっていないようだ。

　処理を担う当人としても、できることなら未然に防ぎたい。警備員たちに先導され、アマリアは疲れた足を叱咤《しった》しながら会場までの道を駆け抜ける。

「こちらです！　おい、お通ししろ！」

　他の使用人たちにもすがるような眼差しを向けられながら、アマリアは家の者専用の入口から会場へと突入する。

　……しかし、次の瞬間。

「お前との婚約を、今夜この場で破棄させてもらう!!」

（ああああっ!!）

　アマリアが世界で一番嫌いな言葉が、会場内に響き渡ってしまった。

（一歩遅かった……！）

皆に注目されているのは、人が避けて広く空いた会場のど真ん中。

一方には凛《りん》とした態度の美しく着飾った令嬢が、もう一方には同じく盛装した令息と、彼にかばわれるように少女が立っている。

（あの後ろの子、侯爵家の夜会にはちょっと不釣り合いな服ね。もしかして貴族じゃないのかしら）

家格の高い家であるほど、ドレスコードにはうるさいはずだ。もちろん、招待される側も条件をのめる者だけだろう。

つまりは、彼女が今回の『真実の愛で結ばれた身分違いのヒロイン枠』というわけである。

「なんだ、また婚約破棄か」

「最近どこもそれだなあ」

アマリアにとっては残業確定宣言であるソレも、集まった客人たちにとっては酒の肴《さかな》にすぎない。いい余興だ、とばかりにニヤニヤと口の端を上げる者も多い。

ただ、どうも昨今の流行のせいで、婚約破棄の新鮮味はなくなっているようだ。

参加者たちは礼儀とばかりに注目してはいるものの、半数ぐらいは「またか」とでも言いたげな冷めた反応を見せている。

……もっとも、それはあくまで傍観者側の意見。

煩わされるアマリアたち婚約破棄処理科と、今まさに破棄されようとしている婚約の当事者、その親類たちにとっては、流行は関係なく最悪の状況である。

真《ま》っ青《さお》になって固まっている警備員たちの顔を確認したアマリアは、意を決して会場の中央まで駆け寄る。途端に主役たちが三人三様の視線を向けてきたが、どう思われようと仕事優先だ。

「そこまでです！　この場はいったん、我々婚約破棄処理科が預からせていただきます‼」

「なっ⁉　婚約破棄処理科だと⁉」

アマリアの高らかな宣言に、冷め始めていた会場の空気も「おっ？」という期待で少し盛り返す。

……別に余興をしにきたわけではないので、アマリアのことは注目しなくて構わないのだが。

「一公務員風情が何のつもりだ！　僕たちの〝真実の愛〟を邪魔するなんて……ここをどこだと思っている‼」

続けて、真っ先に噛《か》みついてきたのは婚約破棄をやらかした令息だ。彼からすれば、一番盛り上がるべき〝名シーンの再現〟を邪魔されたので、当然怒り心頭だろうが……。

「どうせこの後に続く台詞《せりふ》は『お前が嫉妬《しっと》に駆られて彼女を虐げたことはわかっている』とか何とかでしょう？　そういう聞き飽きた台詞はもういいんですよ」

「貴様……！」

アマリアの指摘に、図星だったらしい令息の顔は耳まで真《ま》っ赤《か》に染まっていく。ノリと勢いで婚約破棄をやらかす青少年の典型だ。

反対に、破棄を突き付けられた側の令嬢の表情は無になっている。心境を予想するなら「嫉妬？なんでわたくしが？」といったところか。

「毎回同じような台詞を聞かされ、それを調査して書類に起こさなければならないこちらの身にもなってください。語彙《ごい》力が貧困なのは仕方ないとしても、皆様ネタがかぶりすぎですよ」

「うるさい！　僕は事実を言っているだけだ！」

「ええ、皆様そうおっしゃるので、事実確認をしなければならなくて手間なんです」

変な意地を張らずに、作り話でしたと素直に認めてくれれば、それだけで机仕事はいくつも省略される。最近では『いつもの』という判を作って押すだけにしようという案も出るほどだ。

（本当に、この子も何も考えてない。軽々しく婚約を破棄してるんだわ）

物語の主役のような劇的な瞬間を体験したいという、それだけの欲求のために――そんなしょうもないもののために、アマリアの久しぶりの約束は犠牲になった。

いざ当事者を前にすると、我慢できない憤りがこみあげてくる。

「……空気に酔っているあなたがたは現実をご存じないようですので、少しだけお教えしましょう」

踏み出した一歩が、ガツンと冷たい音を立てる。別にヒールの高い靴でもないのに、その音は妙に人々の輪に響き渡った。

「よろしいですか、若君。婚約破棄が起こると、とても大勢の人に迷惑がかかり……比例して莫大な額のお金が動くのです。まず調査費用だけでも百万はくだりません。最近は親御さんが先に監視役をつけていることが多いので、だいぶ安くなってこれです。それから、情報をまとめる人件費。書類等の輸送費。状況によっては専門家が動き、着手金だけでも数十万です。誓約書やら公的書類を作る際には、また都度手数料がかかりますとも。笑っちゃうぐらいお金飛びますよ」

「ふん、その程度の額は問題ない！　彼女との愛が認められるなら、はした金だ」

「まあ、侯爵家のご令息ならそうでしょうね。一番の問題はお相手への慰謝料です。もしあなたが有責だとしたら、桁《けた》が三つ四つ変わりますよ。私は事業や領地を手放す方を何人も見てきましたが、あなたは大丈夫だといいですね」

「………」

　数十数百なら動じない貴族令息も、領地だなんだとまで言われるとさすがに顔つきが変わった。彼の背後の少女に至っては、もう紙のような顔色になっている。

（そりゃそうよね。いくら真実の愛でも、浮気は浮気だもの。彼の有責が認められれば、当然そこのヒロインちゃんにも慰謝料請求がくる。平民が払える額じゃないわ）

　何せ貴族の家が傾く金額だ。平民では一生かかっても払いきれないだろう。

「そもそも、あなたがた本当に愛し合ってます？　流行に乗っただけじゃないと断言できます？」

「おい公務員、失礼にもほどがあるぞ！　僕と彼女の愛は本物だ！　その女の悪行を皆の前で明らかにすることで、僕らは栄光への門出を迎えることができるんだ‼」

「別に悪行を侯爵家のご令息が公表する必要なくないです？　そういうことは調査機関なり騎士団なりに任せたほうが安全で的確ですし、本当に彼女のことが好きなら、意地悪をしてくる婚約者さんに会わせちゃ駄目でしょ」

　惚れた女なら守れよ、と暗に伝えれば、令息はハッとしたように目を見開いた。……こんな単純なことに気付かないとは、相当空気に酔っていたようだ。誰が嫌がらせしてくるようなやつに会いたいと思うのか。

集まっていた客人、特に女性たちは、アマリアに賛同するように何度も頷《うなず》いている。

「だ、黙れ！　僕たちが幸せになるためには、婚約破棄という断罪の場が必要なんだ!!　親が決めた婚約者もいない貴様に、僕たちの気持ちがわかるわけ……」

「いますけど、親同士が決めた婚約者」

「あれ!?　そ、そうなのか」

　どこまでも自分本位な彼の発言に、怒りを超えて憎しみがわきあがる。親が決めた婚約者なんて、この夜会の参加者の多くが〝そう〟に決まっている。貴族なんだから。

　こんな勝手な人種のせいで、久々の逢瀬《おうせ》の中止という悲劇を被ったのはこっちである。

（自分だけが悲劇のヒーローだと思うのも大概にしなさいよ）

「……劇的な恋愛にこだわっているあなたには、わからないでしょうね。婚約をきっかけに、そこから愛を育んでいく喜びなんて」

　低く重い、怨嗟《えんさ》のごとき声が唇から落ちる。三人の足が、一歩後ずさったのが見えた。

「別に悪役も断罪劇もいりませんとも。『親が決めた婚約者』という肩書きでくくって、相手を見ようとしないあなたとは違います。私は彼と、ゆっくり時間をかけて通じ合いました。おかげで今は、心から愛しています。――婚約破棄の処理が忙しすぎるせいで、私の婚約も危ういんですけどね!!　なーにが『婚約を破棄する（キリッ）』ですか！　一人で事後処理もできないくせに、大きな口叩くんじゃないわよ！　人の逢瀬の時間まで奪って偉そうに!!　グレッグにフラれたら、あなたたちのこと永遠に恨むからね!!」

「ひいっ!!」

後半は完全に八つ当たりだし、侯爵家の夜会会場で言っていい内容では絶対にないが、アマリアの口は止まらなかった。目からはボロボロと涙が溢《あふ》れ、強く握り締めた手のひらには爪《つめ》が刺さっている。

……毎日毎日積み重なる婚約破棄処理のせいで、もう限界だったのだ。

「そんなに婚約破棄をやりたいなら、誰もいないところでやってよ……私は破棄も解消もしたくないのよ！　婚約していたいの！　結婚したいの!!　もう婚約破棄の処理にふり回されるのは嫌!!」

「そそ、それなら、婚約破棄処理科を辞めればいいじゃないか……」

「国王陛下のご指名を断れるとでも思ってるの!?　それともあなたが代わってくれる!?」

「無理です、すみません!!」

アマリアの剣幕に、侯爵令息は床に尻もちをつく。彼が婚約破棄してまで結ばれようとしていた少女はいつの間にか逃げ出しており、離れた場所で警備員に捕まっていた。

結局、その程度の〝真実の愛〟なのだ。

「こんなものにふり回されて、私たちは……ッ！」

「――アマリア」

次の瞬間、名前を呼ばれたアマリアは、濁った感情が浄化されたのがわかった。二か月まともに聞けていなかった、低くて甘い声が自分を呼んでいる。

吸い寄せられるように視線を向ければ、短く整えられた黒髪の男性がすぐ近くに立っていた。今着ているワンピースと同じ碧色の瞳《ひとみ》と目が合う。

鍛えられた体つきの割に人のよさそうな優しげな顔立ちの彼は、まさしく最愛の婚約者だった。

「グレッグ……！」

やっと会えた喜びが、体中を駆け巡る。と同時に、つい今さっきまでやらかしていた自分の醜態に気付いて、血の気が引いた。

まさかこんな姿を見られることになるなんて……これはもう、間違いなく婚約破棄だ。

（終わった……）

共にすごせていた頃の記憶が、走馬灯のように流れていく。婚約破棄の対応をするためにやってきて、自らの婚約も破棄されるなんて笑い話にもならない。

ああ、それでも。彼とすごせた日々は、確かに幸せだった。いい思い出をもらえたんだ。

そう自分を納得させようとしたところで……近付いてきた彼の手が、アマリアの涙を拭《ぬぐ》う様子が見えた。コマ送りのように、ゆっくりハッキリと。

「ごめんな。君がこんなに追い込まれていたなんて気付けなかった。婚約破棄処理科は過酷な職場だけど、エリート部署に所属していた経歴は、君の人生に必要だと思ったんだ。……けど、こんなに疲れているなら、強引にでも休ませるべきだったな」

「……どう、して」

「ん、今夜のことか？　君との約束がなくなったから、許可をもらって婚約破棄処理科を手伝ってたんだよ。最近はずっとそうしてたんだけど、内勤の君には会えないから意味なかったかな」

ハハと苦笑する彼を見て思い出す。通報があった時点で、処理科所属の騎士が先に動いていたはずなのだ。婚約破棄の現場では、しばしば暴徒も出るので。

（でも、警備員は騎士が来ているとは言ってなかった。つまり、騎士団側も人手が足りなくて、派遣が遅れていたんだわ）

ヤケで馬をかっ飛ばしたアマリアのほうが、うっかり先に着いてしまったのだろう。今更ながら、自分のとんでも行動力と危機感のなさに呆《あき》れてしまう。

「その、色々とごめんなさい……」

「君に怪我《けが》がなかったならいいよ。俺も遅れてごめんな。……それから、不安にさせてしまって、本当にごめん。婚約破棄なんて絶対にしないよ」

涙を拭っていた手のひらが、そっと頬《ほお》を撫《な》でる。

反射的にその手にすり寄れば、彼の蕩《とろ》けるような微笑《ほほえ》みが飛び込んできた。

「確かに俺たちのきっかけは、親父たちが決めた婚約だった。けど、そこから俺たちが育んだ時間は嘘《うそ》じゃないし、俺は俺の意思でアマリアと共に生きたいと決めたんだ。その場のノリや勢いなんかじゃない。悪役もいないしロマンチックな背景もないけど、君と出会えて婚約を結べたことは奇跡だったと思ってるよ」

空いていたもう一方の手が、アマリアの手を掴んで握る。指を絡めた、祈りのような形で。

「もう君を不安になんてさせない。アマリア、俺と結婚しよう！」

「グレッグ……嬉しい！　喜んであなたと結婚するわ！」

重い気持ちは消し飛び、嬉しさそのままに彼の厚い胸板に飛び込む。

片方の手は繋《つな》いだまま。もう片方の手はお互いの背中を強く掴んで、もう二度と離れないように。

「なんだなんだ、いつもの婚約破棄かと思ったら、なんかいい雰囲気で終わったな」

「こういうのもアリだろう。処理科の職員さん、おめでとう！」

周囲に集まっていた人々は、口々に祝福の声を投げかけてくれ、次第にその声は歌劇の歓声のように大きくなっていく。……貴族の宴《うたげ》のはずなのに、ノリが完全に酒場のそれにしか思えないが、まあご愛嬌《あいきょう》だ。

「ありがとう……皆さん、ありがとうございます！」

涙ながらに返事をすれば、祝福と拍手はますます広がっていく。最近は『別れの娯楽』ばかりだったので、皆『結ばれる娯楽』に餓えていたのかもしれない。

そんなただのひやかしだとしても、今のアマリアには本当にありがたかった。

「――……いや、あの、僕たちは？」


翌日、正気に戻ったアマリアはレイニ侯爵家からの賠償請求に怯《おび》えていたのだが、かの家からの抗議も請求も特には送られなかった。

ならばこちらからと、菓子折りを持って謝罪に伺ったのだが、その場でも怒鳴られたりすることはなく、むしろ感謝すらされてしまったのである。

「私は先代侯爵閣下の祝いの席を壊してしまったのに……よろしいのですか？」

「構わないよ。もともとうちの馬鹿息子のせいで、誕生祝いという雰囲気ではなくなっていたからね。

喜びの空気に戻してくれた君たちを叱《しか》ったら、私が怒られてしまうさ」

そう言った侯爵の表情は、疲れが滲《にじ》みつつもどこかスッキリとしていた。

ちなみに、レイニ侯爵令息と彼の婚約者は、結局破談らしい。ただし、婚約破棄ではなく婚約〝解消〟……双方が話し合った上での、円満な別れの手段を選んだ。

一度は令息が婚約破棄を突き付けている上、浮気をしたのは彼なので当然侯爵家が慰謝料を払うことになったが、完全な婚約破棄よりはいくらか減額されていることだろう。両家には提携事業もあったそうなので、そちらを優先したともいう。

肝心の令息は後継から外されて、領地の最端のド田舎で謹慎だそうだ。真実の愛にも逃げられたので、しっかり反省してほしいものである。逃げた真実の愛は捜索中だ。


そんなわけで、レイニ侯爵家は処理科の案件ではなくなったものの、世の中ではまだまだ婚約破棄が頻発している。アマリアたちはまだまだまだ大忙しだ。

ただ、一つ変わったこととして、最愛の婚約者――いや、夫のグレッグも無事に婚約破棄処理科の仲間入りを果たした。約束通り婚姻届けも提出し、二人で夫婦として働いている。

彼は騎士なので担当する仕事は離れてしまうが、それでも毎日好きな人と顔を合わせることができるのは、気持ちが全然違う。

「午餐会《ごさんかい》で婚約破棄だって。グレッグ、気をつけてね」

「早めに昼飯とっておいてよかったな。いってくるよ、アマリア」

こうして声をかけ合い、見送ることができるだけで、自分も頑張ろうと思えるのだ。今はもう、婚約破棄の文字を見ても不安になったりはしない。

残業が続いても、時間ができたら挙げる予定の結婚式資金だと思えば乗り越えられる。

「さあ、今日も手早く婚約破棄を処理しましょう！」

婚約破棄処理科は、今日も皆で濃いコーヒーを片手に書類をさばき、処理を進めていく。

社会が混乱に陥らないように。明るい未来を迎えるために。

＊＊＊

――さて、その後のことだが。

実はアマリアたちの一件をきっかけに、貴族社会では新しい流行が起こっていた。

その名も〝婚約破棄乗っ取り〟である。

人が集まる場で大々的に行われる婚約破棄……を止めると見せかけて、その場を乗っ取って別の恋人たちが告白やプロポーズを成功させるのだ。

「いや乗っ取りって……それが流行《はや》ってしまうのも大丈夫なのかしら？」

「少なくとも、ただの婚約破棄よりは評判はいいみたいだよ」

今日アマリアとグレッグが訪れているのは、とある事業の懇親会の会場だ。

貴族の邸宅区画と商店通りのちょうど中間にある公用ホールを貸し切って行われる大規模なもので、

立場を問わずに多くの人々が集まっている。

（人の集まる場所は、婚約破棄をする絶好の機会だものね）

現に婚約破棄処理科には何件もの通報が入っており、この場で婚約破棄を企《くわだ》てている者が最低一組以上はいるわけだ。

またしても人員不足で現地対応を命じられたアマリアは、〝夫婦一緒なら〟という条件をつけて会場に出向いている。目を皿のようにして愚か者を探しているものの、今のところ怪しい動きは見当たらなかった。

「アマリア、眉間《みけん》に皺《しわ》が寄ってる。せっかくの可愛《かわい》い顔が台無しだよ」

「あなた以外にはどう見られても気にしないからいいのよ。一刻も早く容疑者を見つけて、婚約破棄を食い止めなくちゃ。じゃないと、また残業だわ」

「大丈夫だよ。通報によれば、今日は高確率でその〝乗っ取り〟案件みたいだしね」

微笑みながらアマリアの眉間を親指で撫でる旦那《だんな》様に、つい絆《ほだ》されてしまいそうになるが、今は仕事中だ。その乗っ取りとやらが起こるかもしれなくても、前提条件が婚約破棄なら発生前に止めるのが一番である。

（だいたい乗っ取りって、一体どういうことなの？）

先のレイニ侯爵家の騒動が元ネタらしいとは聞いたが、実際の乗っ取り現場をアマリアはまだ見たことがない。

グレッグが言った通り、わけのわからない理由で行われる婚約破棄よりも、愛の成就というわかりやすく祝える展開のほうが好まれているとのことだが、何せ名前が乗っ取りだ。

聞いただけでは、決していいこととは思えないのだが……。

「お集まりの皆様、どうか証人としてお聞きください。今日この場をお借りしまして、あたくしは婚約を破棄いたしますわ!!」

――なんてことに思考をとられた直後、会場の中央でいつもの宣言が響いてしまった。

「まずい、出遅れたわ！」

「珍しいな、女の子側からの破棄か！」

即座に処理科として頭を切り替えた二人は、人々をかき分けて現場へ駆け出す。婚約破棄を起こす側は男女比八対二なので、令嬢への警戒が足りなかった。

後退していく人々に逆行して近付けば、中央には金色の髪をくるっくるに巻いた派手な令嬢と、上等な衣服の割にはやや地味な容姿の男性が向き合っている。珍しいことに、いわゆる真実の愛の相手はこの場にはいないようだ。

「お前、こんなところで何をやっているんだ！」

「あら、お兄様」

と思ったら、今日は違う乱入者らしい。令嬢によく似た派手な顔立ちの金髪男子だ。堂々とした妹とは対照的に、彼の顔には焦りと怒りがはっきりと見てとれる。

「こんな場所で婚約破棄だなんて、一体何を考えている。今すぐに発言を取り消せ！」

「お断りですわ。あたくし、ずっとこの地味男と縁を切りたかったのですもの」

常識的な兄の登場に場も落ち着くかと思いきや、妹は鼻で笑って返す。血の繋がった家族でも常識に差が出るとは、悲しいことだ。

（残念だけど、私たちの仕事みたいね。早く彼女を止めなきゃ……）

「待ってアマリア」

アマリアが踏み出そうとした一歩を、とっさに肩を掴んできたグレッグが止める。何事かと視線だけで彼を見れば、珍しくちょっと意地悪な顔をしていた。

「な、何？」

「まだ様子を見よう。……事前情報が確かなら、乗っ取られるだろうから」

旦那様の提案に渋々視線を兄妹《きょうだい》に戻せば、妹のほうが強気な態度で兄を指さした。

「お兄様も婚約破棄をしてしまえばいいではありませんか！　あたくし、知ってますのよ。お兄様と婚約者の関係が冷めきっていると！」

「なっ……!?」

まさかの発言に周囲が大きくざわめく。婚約破棄処理科としても、それは勘弁願いたい最悪の案だ。一件でも大変なのに兄妹同時になんて、もう家を潰《つぶ》したほうが早い。

「何故そんな話が……」

明らかに動揺している兄に、妹は勝ち誇ったように高く笑う。……彼女には悪いが、その姿は流行りの物語の悪役令嬢そのままである。

「皆も噂しておりますわ、お兄様。プレゼントは必要最低限。会うのは親が決めた約束の日だけ。こんな二人が、どうして仲睦《なかむつ》まじく見えますの？　本当はお兄様だって、あの地味な婚約者が嫌だったのでしょう？　今日この場は絶好の機会、あたくしと共に婚約を破棄いたしましょう！」

なるほど、妹の狙《ねら》いはこれだったらしい。

昨今頻発しすぎた婚約破棄は、すでに観衆に飽きられている。いや、そういう問題ではないのだが……発端が承認欲求である彼らにとっては大事なことなのだ、多分。

（兄妹の同時婚約破棄なんて、さすがに聞いたことがないもの）

初めての事柄なら、皆の記憶に残るだろう。無論、悪い意味で、だが。

立ち尽くす兄に妹は有利を悟ったのか、吊《つ》り上がった目をすっかり離れた観衆に向けた。

「さあさあ、出てきたらどうです？　ご自分の話をされていることはおわかりでしょう？」

「……わかり、ました」

三下感丸出しな挑発に、人垣から一人の女性が歩み出てくる。落ち着いた装いに、背中を流れるのは癖のないまっすぐな髪。どうやら彼女が兄の婚約者らしい。

（確かに華やかさはないけど、ただ地味と断じるにはもったいないぐらいの美人だわ）

職業柄、貴族を見慣れたアマリアでも見惚《みほ》れるほど整った顔立ちだ。しかし表情は不安一色で、細い体はかすかに震えている。わざわざ招き寄せた妹の行動に、観衆の多くが顔を歪《ゆが》めた。

「どうぞお兄様、舞台は整えましたわよ」

だが、妹の暴走は止まらない。兄の腕を掴むと婚約者の傍《そば》へぐいぐい引っ張っていく。これ以上は、アマリアとしても傍観したくない状況だ。

(もういいでしょ！　こんなの、見てられない！)

グレッグの手をふり切ってでも止める、と決意した――直後だった。

婚約破棄を突き付けるかと思った兄は、なんと婚約者の前に跪《ひざまず》いたのだ。

「お、お兄様？　何をしてますの？」

予想外の行動に、今度は妹のほうが立ち尽くす。一方兄は、それが聞こえていないかのように、婚約者の細い手を優しく掴んだ。

「まさか、そんな噂まで出回っているなんて……私が不甲斐《ふがい》ないばかりに、悲しい思いをさせて本当に申し訳なかった。君の隣に立つと、どうしても緊張してしまって、なかなか会いに行けなかったんだ。君は本当にきれいだから」

ハッキリと変わった空気に、距離をとっていた観衆が少しずつ戻ってくる。そわそわとした雰囲気は、好奇心よりも期待が強く感じられた。

「わ、わたくしこそ、ごめんなさい！　沢山の贈り物をいただくのが申し訳なくて、回数を減らしていただいたことがこんな誤解に繋がるとは思わなくて。ちゃんとお友達には説明していたのですけれど……。わたくしのことを考えて選んでくださった贈り物ばかりで、お手紙はもちろん、包装紙もリボンも全部宝物としてとってあります！」

「さすがに照れてしまうね。私も、君からもらったものは全て金庫で保管しているよ」

(これは、どう見ても仲良しなんじゃないかしら)

手を取り合った兄と婚約者は、すっかり二人の空間を作っている。ここがどこであるかも、周囲にどれだけの人が集まっているのかも、気にしていないように見える。

「……だが、皆におかしな誤解をされたままではいけないな。せっかく整えてもらった舞台だ。私はここで、はっきりと宣言させてもらう」

(あ、ちゃんと覚えてはいたみたいね)

兄はなおも跪いたまま、観衆に視線だけを向けて頷く。決意のこもった彼の目に、アマリアを含めた皆は静かに両手を構えた。

「私は、婚約を解消する気は微塵《みじん》もない。君を心から愛しているんだ。どうかこれからも、私の隣に立ち、共に人生を歩んでほしい」

「……っ、はい！　喜んで!!」

再び彼女を見つめて告げられた、婚約破棄とは真逆の愛の言葉に、婚約者は感涙を浮かべながら了承を返す。黙って告白を聞き届けた観衆は、構えていた両手を大いに打ち付けて祝福を始めた。すなわち、拍手喝采《かっさい》である。

「二人ともおめでとう！　幸せになってね！」

「ありがとう！　少し気恥ずかしいが、嬉しいよ」

改めて立ち上がった兄は、婚約者と寄り添いながら祝福に感謝で応《こた》える。結婚式を彷彿《ほうふつ》とさせる幸せいっぱいな姿には、先ほどまでの婚約破棄の不穏な空気は欠片《かけら》もなかった。

「な、なるほど。確かにこれは乗っ取りね。完全にあの二人の舞台になっちゃったわ」

「だから大丈夫だって言っただろ？　俺たちだって大丈夫だったんだしな」

「……え？」

祝福に紛れてぴったりと寄り添ってくるグレッグの発言で、思い出す。

この婚約破棄乗っ取りとやらは、レイニ侯爵家の騒動が発端となって広がったものだ。

——つまりあの日、令息たちを押しのけてプロポーズを成功させた、アマリアとグレッグの。

「嘘でしょ⁉　私たちもあんな恥ずかしいことしてたの⁉」

「恥ずかしいなんて酷《ひど》い。俺たちの幸せな姿が皆に広がった結果だよ。胸を張ろうよ」

「だだだって、私たちがあの中央にいたってことでしょ⁉　嬉しいけど！　幸せだけど！　やっぱり恥ずかしい……ううう」

「あはは、俺の奥さんは可愛いなあ」

全身から火が出そうになっているアマリアとは逆に、グレッグは幸せそうな様子を隠すことなく、むしろ自慢するようにニコニコしている。……穏やかで優しい人だと思っていた旦那様は、結構したたかな性格だったらしい。

そんなグレッグの態度が伝染したのか、観衆も他者への祝福から自分たちの幸せを分かち合うように空気を変えていく。隣にいるパートナーと視線を交わし、手を取り合い、新たに愛を誓った二人を温かく見守るのだ。

これからまた、どこかで新たに芽吹く愛の、幸せの手本となるように。

「ちょっと……なんなのよ、これ！　あたくしの婚約破棄の場なのに‼」

なお、発端となった妹はキッチリ婚約破棄が成立してしまったので、アマリアとグレッグが婚約破棄処理科に戻ってから残業になったのは言うまでもない。

かくして、よりいっそう勢いを増した婚約破棄乗っ取りは、婚約破棄をやらかした者たちをあっという間に〝脇《わき》役〟へと落として広がっていった。

もともと注目されたいという承認欲求をこじらせた若者たちの犯行だったのだ。「見てもらえないのなら意味がない」と婚約破棄は廃《すた》れていき、最後には大々的な告白だけが残ることになる。

先の一件のように、政略や不仲だと思われていた二人が初々しい恋情を告白したり、新たな恋人関係を築くことも増え、また触発された夫婦が改めて愛を伝え合うようになり……貴族社会には、相思相愛の幸せな二人がものすごく増えた。比例して国民も増えた。国王は大喜びである。

そういう流れになれば、当然『婚約破棄処理科』はお役御免なわけで……アマリアたちが結婚してから数年後、エリート部署は無事解体されることになった。

（でも、流行は巡るもの。またいつ、婚約破棄が流行するかはわからないわ）

戒めも兼ねて、婚約破棄処理科の名札は、今もずっと王城の目立つところに掲げられている。

――願わくばどうか、あと五十年ぐらいは流行が戻ってきませんように。

そう強く祈りながら、アマリアは膨らんだお腹《なか》をそっと撫でる。隣には、肩を支えてくれる最愛の夫も一緒だ。

産休と育休でしばし離れる王城に別れを告げて、二人は我が家へと歩いていく。

婚約破棄にふり回された分、目一杯幸せになると誓って。

拝啓、未来の旦那様。
殺された姉の子供を引き取ることにしたので、
私との婚約を破棄してください。

ぽんぽこ

ill. まち

『ヴォイド様。私はもう、貴方《あなた》を愛し続けることができなくなりました』

薄暗い部屋の窓から差し込む月明かりが、潤む私の瞳《ひとみ》をキラキラと反射させている。こみ上げる感情で手が震えそうになるのを堪《こら》えながら、手紙の続きを綴《つづ》る。

『さしあたりましては、五日後に王城で行われる戦勝パーティーの夜。私たちが出逢《であ》ったあの場所で会いましょう。そこでお話をさせてください。突然こんなことを言い出す私を嫌ってくださっても構いません。そうすれば、貴方への想《おも》いを諦《あきら》められるかもしれないから――』

続く文字が涙で滲《にじ》んでいく。愛を紡《つむ》ぐ手紙がラブレターだというのなら、別れを告げる手紙は何て呼ぶのかしら。そんなことを思いながら、一枚にまとめられた簡素な手紙をパサリと机に置いた。

「馬鹿《ばか》ね、私ったら。たったこれだけのことを書くために、三日も掛けるなんて」

机の上には、今書きあげた手紙の他《ほか》にも、書き損じた手紙が山のように積み重なっている。それらの便せんはどれも、私の筆跡でビッシリと文字が埋め尽くされていた。

その内容は初めてヴォイド様と出逢った幼き日のことから、婚約関係になった今までのこと。パーティーでの思い出、彼から貰《もら》ったラピスラズリのブローチ。初めての喧嘩《けんか》と仲直り。彼が戦争に将校として駆り出され、不安に過ごした日々。無事に帰ってきた彼に、はしたなくも泣きながら抱き着いたこと。

一〇歳で知り合ってから二五歳になるまでの一五年分の思い出を書き出していたら、一冊の長編小説みたいな量になってしまった。

「別れを切り出すために本なんて贈られたら……きっと彼なら私を笑うわね」

優しい婚約者の顔を脳裏に思い描きながら、私は悲しい笑みを浮かべた。


「叔母上……」

ここ数日、部屋に閉じ籠《こも》ってばかりいた私が心配になったのだろう。部屋の入り口から、こちらを覗《のぞ》く人影があった。

「あら、グレイ。どうしたの？」

お姉様の息子、グレイ。一〇歳になったばかりの可愛《かわい》い甥《おい》っ子だ。

彼はこちらの様子を窺《うかが》うように、おそるおそる声を掛けてきた。

「僕のせいで、叔母上は大事な人とお別れをしなければならないのですか……？」

グレイったら。いつの間に私の手紙を読んだのかしら。……いえ、私がずっとブツブツと独り言を口にしながら書いていたせいね。

「グレイは何も心配しなくていいのよ。私は貴方のお母様にたくさん愛してもらったから。その愛を、今度は貴方に返す番なの。だから……」

「だけど……だけど！」

私はグレイの元へ近寄ると、今にも泣きだしそうな彼を抱きしめた。

我がラメル伯爵家の血を継ぐ、ブロンドの柔らかな髪と青色の瞳。なにより、もう二度と逢えないお姉様と同じ面影がある。

宥《なだ》めるようにグレイの頭を優しく撫《な》でていると、視界の端に追記した二枚目の手紙が目に入った。

『これは私の予想ですが……先週の大雨の日、姉と両親は何者かによって殺されました。義兄であるピエッタ侯爵の別邸から姉たちを連れ帰るところを盗賊に狙われたようですが、あまりにも偶然が過ぎています。私は唯一生き残った甥を引き取り、田舎《いなか》に身を隠して余生を――』

ただの伯爵令嬢である私と違い、軍師として活躍するヴォイド様はこの国にとって必要不可欠な存在だ。この事件を知れば、無用な貴族の争いに彼を巻き込むことになる。そんなことは絶対に許せない。

私がすべきことは、どうにか内密にラメル伯爵家の爵位を返還すること。そして彼との関係を、自分の手でなかったことにすること――。

グレイは私の服を掴《つか》んで、必死に離さないようにしている。母を奪われたグレイは、唯一の庇護《ひご》者である私を失うのが怖いのだろう。

――大丈夫よ。何があっても、私は必ず貴方を護《まも》るわ……。

幼い彼の体温を肌で感じながら、ヴォイド様に宛てた二枚目の手紙は入れないことに決めた。

◇

戦勝パーティーの当日。王城に設営された会場には、王都に住む多くの貴族たちが続々と集まりつつあった。私は緑色の控えめなドレスに身を包み、グレイと共に会場の中を歩いていた。

穀倉地帯として優れた我がステビアス王国は、他国から狙われることが多い。だから領地を奪おうとする小競り合いが度々起きている。尤《もっと》も、私たちの国は優秀な兵士と指揮官であるヴォイド様がいるから、一度も負けたことはないけれど。

この戦勝パーティーも言わば慣例化していて、数年おきに催されている。戦争を仕掛けてきた国からの賠償金を使い、盛大にお祝いをするのだ。貴族たちはこのイベントを毎度楽しみにしているみたいだけれど……律義に開催しているクラロース国王陛下は随分と太っ腹である。

――さて、私は気合を入れ直さないと。

私はグレイの手を取り、フロアをぐるりと一周する。メインフロアの端にあるテーブルには贅《ぜい》を尽くした食事がずらりと並べられており、貴族たちは各々で歓談を楽しんでいた。

彼らの中には、私がお父様ではなく、小さなグレイを連れていることを不思議そうに見てくる人がいた。両親たちの亡骸《なきがら》はすでに密葬し、私たちの家に何が起きたかについては誰にも知らせていない。

幸いにも誰かが私の元へ事情を聞きに来る様子はないけれど、油断は禁物ね。

ヴォイド様が来たらいち早く気付けるよう、私たちは受付の近くにある柱の物陰に身を隠した。

「叔母上、本当に大丈夫なのですか？」

「グレイ。ここでは私を母と呼ぶのですよ。そして何が起きても、決して口を開かないこと」

「しかし、それでは……」

歳《とし》の割に、グレイは聡《さと》い子だ。これから私がしようとしていることも察しているに違いない。手を繋いでいる私の顔を心配そうに見上げている。

少し言い方が厳しかったか、と反省した私はその場で屈《かが》むと、彼と目線を合わせた。

「ごめんなさい。でもこれは貴方のためなのよ。私も頑張るから、グレイも協力してくれる？」

「……はい。母上」

「良い子ね、グレイ。時間が来るまでは、あちらで美味《おい》しいものでも食べていなさい」

食事が置かれているテーブルを指差してそう言うと、グレイは素直にコクンと頷《うなず》いてそちらへと歩いていった。

◇

まだパーティーは始まったばかり。下位の貴族から入場する仕来《しきた》りだから、公爵であるヴォイド様はもう少し後になってからご来場されるはず。それまで他の貴族たちを物陰からこっそりと覗き見ていた。

「そういえば、ヴォイド様と初めて出逢った日も、私はこんなふうに独りで挙動不審になっていたわね」

あれは私が一〇歳で社交界にデビュタントをした時のこと。友人がいなかった私は今みたいに誰にも話しかけることができず、お姉様の腕をギュッと握りしめて縮こまっていた。

「だけどお姉様が友人に呼ばれてしまって……そうしたら、知らない男の子たちに私が囲まれて……」

独りになった途端、どういうわけか名も知らない貴族令息たちが私の元に集まってきたのだ。そして次から次へと私に質問を投げかけた。最初は名前や年齢を聞かれる程度だったのに、やがて王都で流行《はや》っている演劇の話や好きな異性のタイプの話題に変化していった。

その頃《ころ》の私は世間知らずで、当たり前だけど恋なんてしたこともなくって。それでも男の子たちは矢継ぎ早にいろいろと聞いてくるものだから、怖くなった私は俯《うつむ》いて震えることしかできなかった。

——そんな私に助け舟を出してくれたのが、まだ幼き頃のヴォイド様だった。

『キミたち。レディに寄ってたかって困らせるのは、あまり紳士的とは言えないよ？』

サラサラの銀髪をなびかせながら颯爽《さっそう》と私の前に現れた貴公子は、令息たちに向かって堂々とそう言い放った。

当時の彼はまだ公爵という立場ではなく、この国の第二王子だった。年齢も一二歳で、背丈も私とそう大して変わらない。それなのにヴォイド様は他の男の子たちと違って、すごく大人《おとな》びていて……とても格好良かった。思えば私、あの瞬間から彼に惹《ひ》かれ始めていたのかもしれないわ。

『ところで、会場の隣に珍しい青いバラを集めた庭があるんだ。良かったら見に行かない？』

王族という大物の登場で動揺したのか、あれだけ騒がしかった彼らも一気に静かになった。その隙《すき》にヴォイド様は私の手を取って、その場から連れ出してくれた。

『すごい……なんて綺麗《きれい》なのかしら！』

『だろう？　王国自慢の庭園さ』

案内してくれた庭のバラたちは空に浮かぶ月の柔らかな光に照らされ、幻想的な景色を私に見せてくれていた。思わず私はヴォイド様の前で大きな声を上げてしまった。

『喜んでもらえたなら、連れてきた甲斐《かい》があったよ』

『嬉《うれ》しいです。……ありがとうございます』

にへら、と頬《ほお》を緩ませるヴォイド様に、私は下を向きながら小さくお礼を呟《つぶや》いた。

自分の口から出たその言葉は紛れもなく本心からくるものだった。けれど私は珍しい花を見せてくれたことよりも、こうして自分を救ってくれたことに対する感謝の気持ちで胸がいっぱいだった。

『パーティーはどうにも苦手でさ。キミを口実に抜け出せて私も助かったよ』

『そうなのですか？　てっきり、慣れていらっしゃるのかと』

『碌《ろく》に知りもしない令嬢との婚約話を毎回持ち出されるんだ。もううんざりだよ』

彼はそんなことを言っていたけれど、あれは彼なりの優しさだったのだと思う。お陰で私はこうして素敵な場所で楽しい時間を過ごすことができた。


『おっと、シェリルに迎えのようだよ』

『え？　あっ、お姉様！』

いったいどれだけの時が過ぎていたのだろう。私がヴォイド様とのおしゃべりに夢中になっている間に、パーティー会場から消えた私を心配したお姉様がここまで探しにきてくれていた。

『あの、ヴォイド様……』

彼と過ごした時間はまるで儚《はかな》い夢のようだった。名残惜しくなった私は勇気を出して口を開こうとするも口ごもってしまい、最後まで言い切ることができない。

『シェリル。今夜は付き合ってくれてありがとう。もしキミさえ良ければ、次のパーティーでも私の話し相手になってくれないかな？』

『――はい！　喜んで』


『あなたがヴォイド様に恋しているなんて、一目で分かったわよ』

庭園から会場へ戻る際、お姉様からそんなことを言われてしまった。

さらに驚いたのは、ヴォイド様との婚約話がきていたのが、私のお姉様だったということ。それをお姉様は、その後の社交パーティーでも頻繁に抜け出す私たちを見て、彼との縁談を断ってくれた。

いわく、私よりも妹の方が相応《ふさわ》しいから――と。

今思えば、お姉様がその話を断らなければ義兄であるピエッタ侯爵と結婚することもなかったし、命を落とさずに済んだかもしれない。そう考えると罪悪感で胸が張り裂けそうになる。

だけど今は後悔をしている場合じゃない。私の役目は、お姉様の愛したグレイを護りきることだもの。

今後グレイと平穏に暮らすためにも、お姉様たちを殺した犯人をできる限り絞っておきたい。特に一番疑わしい人物である義兄の情報は、なんとしてでも集めておかなくては。

ヴォイド様から貰ったブローチを胸元でギュッと握りしめ、あらためて覚悟を決める。


「――来たわね」

入り口を凝視していると、会場へ入ってくる義兄と彼の第二夫人の姿が目に入った。

幸いにも会場は広く、給仕を含めた多くの人であふれている。こうして物陰に隠れていれば、義兄が私の存在に気付くことはないだろう。

それに承認欲求の強い義兄のことだ。この後は自分を煽《おだ》ててくれる取り巻きの元へ真っ先に向かうはず。

だけどそんな期待はあっさりと裏切られてしまった。私の傍《そば》に知り合いがいたのか、義兄たちはこちらへと歩いてきたのだ。

「――チッ。嫌なモンが目に入っちまったぜ」

急いでその場から立ち去ろうとする前に、義兄が柱の裏に立っていた私に気が付いてしまった。

「よぉ、シェリル。貴様は相変わらず孤独だな。遂に実の親からも見捨てられたのか？　――おいおい、そんなシケた面をするんじゃねぇよ。せっかくの華やかな戦勝の宴《うたげ》を台無しにする気か？」

「ご無沙汰しております、ピエッタ卿《きょう》。お元気そうでなによりです」

「……ふん。思ってもいない世辞は要らん。貴様のようなつまらん女が婚約者とは、ヴォイド卿も見る目がないようで実に嘆《なげ》かわしい。まぁいい。お前にはもう用はない。早くどこかへ失《う》せろ」

自分からこちらへ向かってきておいて、早く失せろとはどういう了見なのかしら。話すことがないのなら、最初から来ないでほしかったのだけど。

――そして私を前にして、この態度はどういうことなのかしら。亡くなったお父様たちのことを平然と口にするし、まるで何も事情を知らないみたいだわ。

私の両親は便《たよ》り一つ寄越さず、社交界にも出てこなくなった姉を心配し、密《ひそ》かに調査を進めていた。そしてピエッタ侯爵の別宅で軟禁されていることを突き止め、お姉様とグレイを連れて帰ろうとしたところを襲われ――命を落とした。

てっきり私は、この義兄が強盗に見せかけて私の家族を殺したと思っていた。でもピエッタ卿の態度は何かを隠していたり、嘘《うそ》をついていたりするようには見えなかった。

彼が黒幕ではないとすれば、次に疑わしいのは……ピエッタ侯爵の隣でニヤニヤと厭《いや》らしい笑みを浮かべている、この女だ。私と同じ伯爵家の令嬢らしいけれど、貞淑だったお姉様と違って露出の多いドレスや眩《まぶ》しいほどのアクセサリーを身につけている。まさか、お姉様たちは――。

「本当に醜い一族ですわね、アナタ。あの女と一緒で、愛想がなくて不細工で、女としての魅力に著しく欠けた出来損ないだわ」

「おい、ジェリア。お前と違って、あんな夜もつまらん女の話なんて止《や》めたまえよ。ククッ……」

ピエッタ侯爵夫婦の心ない会話に、私は思わず絶句する。

……驚いたわ。怒りが頂点を超えると、人って逆に冷静になれるのね。反論する言葉すら返す気にもなれなかった。

今私の目の前にいるのは、決して人間なんかじゃない。グレイの父親でも、私の家族でもない。心の醜い、人の皮を被《かぶ》ったただのクズだ。

でも私のことは何と言われようとも、別にいい。ただ心配なのは……。

——お願い、グレイ。今は戻ってこないで。

この人でなし共に、純粋なグレイを会わせたくない。こんな人が自分の父親だと知ったら傷付いてしまうわ。とにかく、彼が戻ってくる前にここを離れなければ。


「それでは、私は他に用が——」

「ん？　あそこにいるガキはどこかで見たことがあるな」

そう口を開きかけたところで、ピエッタ侯爵が何かに気が付いた。

しまった、と思いながらもピエッタ侯爵が見ている先を見やる。

視界に映ったのは、やはりグレイの姿。彼は料理の載った皿を持って、無邪気な笑顔で私の元へ戻ってくるところだった。

「見てください！　こんなに美味しそうな子羊のローストがあったので、母上も……って、あれ？」

　グレイは私の後ろに立っている人物を見て、思わず足を止めた。悔しい。私がもう少し早くこの人たちの前から離れていれば――。

「おい、シェリル。このガキ、今お前のこと……母上って言ったか？」

「……え？」

「たしかに、顔はお前そっくりだな……うむ、間違いない」

　嘘でしょう？　父子なのに、義兄は自分の息子の顔さえ分からないっていうの？

　それはまさに、自分の耳を疑うような発言だった。ピエッタ侯爵はグレイの姿を見ても、自分の子供だとまったく気が付いていない。

「はっ、傑作だな！　お前は婚約者というものがいながら、他の男と子供をこさえていたのか？」

「……大声を出すのは止めてください。グレイが怯《おび》えています」

「ガキの歳を考えると、ヴォイド卿が戦争に行っていた頃か？　そんな昔から浮気をしていたなんてな……この国の天才軍師と名高いヴォイド卿もこれには仰天だ！」

　グレイもまさか実父が自分の事を認識していなかったとは思わず、驚きに目を見開いている。

　――このまま二人を同じ空間に居させるのは良くない。

　咄嗟《とっさ》に私の陰に隠し、ピエッタ侯爵の視線から遮《さえぎ》った。

「それにしても良かったなぁ、シェリル。貴様みたいな女でも、抱いてくれるような物好きな野郎がいてよぉ。お前の姉なんか、二度と誰にも抱かれることはねぇのにな！」

「……ピエッタ卿。私の姉に対するその無礼な発言を、今すぐ訂正してください」

「あん？　良いじゃねぇか、ケチらずに教えてくれよ～。お前はどんな手を使ったのだ？　色目か？それとも金か？　って、貧乏伯爵家にそんな金はねぇよな！　クハハハ！」

　格好のネタを掴んだとばかりに、義兄はますますヒートアップしていく。来場してきた貴族たちも彼の大声に気を引かれたのか、チラチラとこちらに視線を向けてきている。

　どうしよう、この状況をどう切り抜ければ……。

「僕の母上を悪く言うな！」

「――グレイ？」

「あぁ？　なんだ、ガキ。侯爵様である俺《おれ》に歯向かう気か？」

「駄目よグレイ、貴方は下がっていなさい！」

　後ろに隠しておいたはずのグレイが、いつの間にかピエッタ卿の前に飛び出していた。手を震わせながらも、潤ませた瞳で自分の父親をキッと睨《にら》みつける。

「貴様ァ……お前はいったい誰に何をしようとしているのか、それを分かっているのか？」

「うるさい！　それよりも訂正しろっ！　僕の母上たちは優しくて綺麗で、素敵な女性なんだ！　僕の大事な人を侮辱することなんて、これ以上はもう許せないっ！」

「グレイ、貴方……」

　彼はあの小さな体で、必死に私を護ろうとしてくれている。

それが嬉しくて、私の視界がみるみるうちに滲んでいく。だけどもう、私のことはどうなってもいい。お願い、誰かグレイを助けて。こんなにも優しくて勇敢な子を、これ以上傷付けさせないで——。

「そんなこと知るかよボケ！　侯爵家を舐《な》めたガキに痛い目見せてやる！」

「ちょ、ちょっとアナタ……」

「あん？　急になんだよ。お前だって腹が立つだろう？　この女にそっくりで不細工なガキが——」

「——ほう。卿《けい》の言う〝この女〟とは、私の婚約者のことかな？」

「えっ？」

震えるグレイを連れて逃げ帰ろうとしたところで、私の前に新たな人影が現れた。

少し癖のある柔らかな銀髪。細身ながら白いジャケットの上からでも引き締まった体をしていると分かる力強い後ろ姿。

——嗚呼《ああ》、やっぱり貴方はいつもそうやって私を助けに来てくれるのね。

私の瞳に映っていたのは、あの頃よりもたくましく成長したヴォイド様の背中だった。

「ヴォイド様……どうして……」

「すまない、シェリル。一刻も早くキミに会おうと急いだのだが、遅れてしまった」

こちらを首だけで振り返るヴォイド様は、いつものにこやかな顔を見せてくれた。そして視線を私からさらに下へ向ける。

「グレイ君……と言ったか？　たしかにキミの言う通りだ。シェリルは魅力にあふれた女性だよ。昔から今も、これからもずっとね」

ヴォイド様はそう言うと、グレイの頭に大きな手をポンと置いた。そして再びピエッタ卿を威圧のある視線で睨む。

「卿は他人の婚約者を貶《けな》すのがご趣味のようだが、生憎と私は紳士的じゃない男が大嫌いなんだ。陛下もいるこの場には相応しくないし、今すぐ退場してくれないかな」

「ちょっ、お待ちください！　俺はただ、そいつのことを言っただけであって……！」

慌てふためくピエッタ卿は、私を指差して言い訳を重ねている。あれだけ大声で人のことを貶しておいて、まだ誤魔化せるとでも思っているのかしら。ヴォイド様はそんな義兄の姿を見て、深い溜《た》め息を吐いた。

「ピエッタ卿。実は先日、私の婚約者の姉が不審な死を遂げてな……」

「そ、それは御愁傷《ごしゅうしょう》さまで……え？　婚約者の姉？」

言葉の意味を理解した義兄はみるみるうちに顔を青褪《あおざ》めさせると、ダラダラと冷や汗をかきながら私の方へと視線を移した。

――えぇ、ご想像の通り。亡くなったのは貴方の妻のことですよ。残念ながら私には、姉は一人しかおりませんからね。

「私の方で調査を進めたところ、どうやら何者かに殺されたようなのだ。嘆かわしいことに、とある貴族の別邸からの移動中に、な」

ヴォイド様の言葉を聞いたピエッタ卿はガタガタと身を震わせる。

「ち、違う……俺はそんなこと知らないぞ……」

「であろうな。　知っているのなら、こんなところにのこのこ現れまい。　それに――」

ギロ、と音が出そうなほど殺意の籠った金色の瞳を、ピエッタ侯爵の隣にいる人物へ向けた。

「ゴロツキを雇って貴族を襲わせるような女を、自分の傍には置かないだろうな」

顔面蒼白《そうはく》になっている第二夫人は、首をブンブンと振って否定する。幼少時から天才軍師として幾度も戦場を駆け巡ってきた彼の怒りは、安全な領地でぬくぬくと過ごしているだけの貴族を心から震え上がらせるだけの強烈な威圧を放っていた。

「……お、お前！　俺に黙って裏でそんなことを？」

「わ、私はそんなこと……やっていませんわ……」

「正妻の座を確実なものとするためには、長男のいる第一夫人が邪魔だったのだろう？　あぁ、言い忘れていたが、すでに実行犯は捕らえてある。ほとんどの証言は取れているし、証拠も押さえてある……これ以上、無駄な抵抗はやめるように」

その言葉に反し、ピエッタ侯爵夫婦は揃《そろ》って出口の方へと駆けだそうとする。しかし逃走をすぐに察知したヴォイド様が右手をスッと上げた。するとあらかじめ控えていたのであろう十数名の武装した衛兵たちが出入り口から現れ、こちらへと一斉に飛び出してきた。

「お、おい？　どうして俺まで拘束する！　俺は関係ないぞ！　コイツが勝手にやったことだ！」

「言い訳は結構。ゴロツキ共は、ピエッタ卿が関与した別の依頼も証言したぞ。……さぁ、さっさと連行しろ！」

「やめろっ、俺は侯爵だぞ！」

「放しなさいよっ！　あ、アナタ〜っ！」

悲鳴を上げながら、会場の外へと連れて行かれるピエッタ侯爵夫婦。そんな彼らを、パーティーの参加者たちは冷ややかな目で眺めていた。あぁなってしまっては、侯爵といえども罪からは逃れられまい。


「……さて。茶番も終わったことだし、二人とも私についてきてくれ」

ヴォイド様は小さくなっていくピエッタ卿の後ろ姿を軽く一瞥《いちべつ》した後、こちらへと向き直った。かたや私とグレイは今の状況が把握できず、目を白黒させながら固まっていた。ヴォイド様はそんな私たちの背中をそっと押しながら、メインフロアの方へと移動していった。

「あの、ヴォイド様？　私たちはどこへ向かっているのですか？」

数日前に書いた手紙は、たしかにヴォイド様へ届けてもらったはずだ。公爵という立場のあるヴォイド様なら、お願いした通りに私との婚約を破棄してくれるはず。思わぬハプニングはあったけれど、あとは予定通りに——。

だけど彼はグレイの手を握りしめる私を見て、珍しく眉《まゆ》を寄せた。

「……このままじゃシェリルが納得しないと思ってね。兄上、お力を借りますよ」

「なんだヴォイド。ようやく私の出番か？」

頭上から突然声を掛けられ、思わず背筋がビクリと跳ねた。おそるおそる顔を上げると——。

「へ、陛下……？　いったいどうして？」

目に飛び込んだのは、この国でもっとも高貴なる人物の姿。ヴォイド様の兄であるクラロース国王陛下だった。

「ははは。面白そうな演劇が始まったのでな。ここから観劇させてもらったよ」

陛下は王の証《あかし》である冠を頭に載せ、金糸で刺繍《ししゅう》がされた豪奢《ごうしゃ》な服を身にまとっている。右手に持った赤ワインをクルクルと転がしながら、ヴォイド様と同じ金色の瞳で興味深そうにこちらを見つめていた。

まさかそんな偉い方が自分の目の前にいらっしゃったとは思わず、王族らしい高貴な雰囲気に呑《の》まれた私はあまりの緊張で足が震えそうになっていた。

誰の目からでも分かるほどに挙動不審になった私の背中へヴォイド様は手を当て、大丈夫だからと耳元で囁《ささや》いた。

「私とシェリルとの婚約についてお訊ねしたいのですが、今回の件で何か問題はありますでしょうか？」

「ん？　何も問題はないな。馬鹿な侯爵など無視して、お前の好きにすればよい」

「では結婚を早めても？」

「はっはっは！　お前も余程、彼女を手放したくないのだな……あぁ、そうするといい。これでようやくお前の身が固まるのなら、早い方がよい」

――え？　ちょっと待ってよ二人とも。ヴォイド様との結婚はなかったことになるはずでは？

だけど二人とも状況の説明なんて一切してくれず、私を放置してウンウンと頷き合っている。私は国王陛下と公爵の会話に口を挟むわけにもいかず、ただただヴォイド様の服の袖《そで》をグイグイと引っ張るしかなかった。

「お前は公爵といえど、所詮《しょせん》は一代限りの名誉貴族にしかなれぬ。爵位は下がるが、ラメル伯爵として跡を継ぐのもまた一つの道だ。そのグレイとやらが伯爵の血を引いているのなら、跡目にすることに問題も起きぬしな」

「……ありがとうございます、兄上」

「え？　ヴォイド様がラメル伯爵に？」

ようやく話の意図を掴んだかと思えば、陛下がとんでもないことを仰《おっしゃ》った。私はグレイと一緒に目線をキョロキョロとさせてしまう。

——ところで、婚約を破棄するってお話はどこへ行ってしまったの？

国王陛下は再度私を見ると、スッと目を細めた。なんだか値踏みをされているようで、私はたじろぎそうになってしまう。

「……彼女がヴォイドの言っていた初恋の女性か。お前が惚《ほ》れるのも分かる気がするな」

「兄上には渡しませんよ」

「ははは。名軍師であるお前を怒らせたら、本気で王位を簒奪《さんだつ》されそうだからな。そんなことはしないさ……結婚式は盛大にやると良い。美味《うま》い酒を持って、私も駆けつけるからな」

陛下はバンバンとヴォイド様の肩を叩《たた》くと、大笑いしながら人だかりの中へと消えていった。

「まったく。兄上はもう少し、使う言葉を選んでほしいのだが」

「あのぅ、ヴォイド様？　私がお手紙で申し上げたことは……」

私がグレイを引き取るのであれば、婚約関係は解消しなければならない。てっきり私は、ヴォイド様は陛下にその報告をするのかと思っていた。それがどうしてラメル伯爵家を継ぐ話になってしまったの？

「そんなことを私が許すとでも？　あの手紙を読んで、私がどれだけ心を痛めたか……すぐに馬を走らせ、キミに何が起きたのか、調査をさせたよ。ただ証拠を固めるのに少し時間が掛かってしまい、ここへ来るのが遅れてしまったが……」

拳《こぶし》をグッと握りしめながら、ここ数日間で掛かった苦労を語りだすヴォイド様。

嬉しい……私たちを助けようと奔走してくれていたなんて。

「その子も災難だったな。その歳で母親を亡くすとは気の毒に」

私と手を握ったままの少年を、愁《うれ》いの帯びた瞳で見つめる。ヴォイド様もグレイと同じ頃にお母様を亡くしているから、彼の気持ちがよく分かるのだろう。

「たしかに母上を失った時は悲しかったです。でも僕にはまだ、シェリル母上がいますから」

「グレイ……」

私の左手をしっかりと握りながら、小さな彼はこちらを見上げて微笑んだ。

もう演技なんてする必要なんかないのに、グレイはまだ私のことを母上と呼んでくれている。まったく、この子は私を何回泣かせれば気が済むのかしら。

「シェリル母上は僕を産んでくれた母上と同じく、僕を愛し、護ってくれました。顔や声もソックリだし……なんだか同じ匂《にお》いがします」

「に、匂い？」

グレイの言葉に思わず突っ込んでしまった。それって私が臭いってことじゃないわよね？

「そうだな。私が知っているシェリルもそういう女性だと思っている。さぞかし、母としても素晴らしいことだろう」

「はいっ！　母上は弱き者を護る強さも持っています！　さっきも、まるで王国の騎士のようでした！」

そんなことないわ。ピエッタ侯爵が言う通り、私は不細工で面白味もない女だ。今日だって失敗ばかりだったし、いずれヴォイド様を失望させてしまうに違いない。

「愛嬌《あいきょう》のある可愛らしい女性だし、シェリルは誰よりも心の美しい女性だ。自分よりも他人の幸せを願える優しさを持っている！」

「あぁもうっ、ヴォイド様まで何を仰るのですか！　恥ずかしいから大声で私のことを叫ばないで！」

二人とも、レディになんていうことを言うのよ？　人の目があるところで褒め殺しなんてしないでください！

「そういうわけで、シェリル」

「……はい、なんでしょう？」

「あらためて、言わせてくれ。——私と結婚してほしい。勇敢で賢いグレイという息子と共に、温かな家庭を築いていこう」

片膝《かたひざ》をつき、私たちと同じ目線になったヴォイド様は空いていた私の右手とグレイの左手を取って真剣な眼差《まなざ》しを向けた。

「本当によろしいのですか？　私と結婚なんてしたら、貴方の立場が……」

「さっきの兄上との会話を聞いていただろう？　国王陛下のお墨付きがあるんだ。反対なんていったい誰がするんだい？」

メインフロアにいる国中の貴族たちを見回したあと、ヴォイド様は不思議そうに首を傾《かし》げた。私もおそるおそる、彼に続いて辺りを窺う。先ほどよりも多くの目がこちらを見ていた。パーティーに来たばかりなのか、中には他の貴族からヒソヒソと事情を聞いている方もいる。

「……なんだか皆さん、随分と楽しそうに見えますわね」

「ふふっ、そうだね。今日のパーティーは実に刺激的だったから」

「あああ……恥ずかしい」

——でも、嬉しい。大好きな人たちが一緒にいると言ってくれるだけで、あれだけ傷付いていたはずの心が癒されていくのが分かる。義兄とのやり取りは逃げ出したいほどに大変だった。でも今は必死に立ち向かって良かったと思えるわ。……随分と過大な評価をされているような気もするけど。

「それに母上の部屋にあった手紙には、ヴォイド様との想い出や愛の言葉がたくさん書かれていました！　母上はヴォイド様のことが大好きで仕方がないのですよね？」

「ちょっと、グレイ！　貴方やっぱり勝手に読んでいたわね？」

「はい！」

　悪びれもなく、元気よく頷くグレイ。彼は単に私のことを心配していただけで、悪気がないのは分かっている。だから私も怒るに怒れない。それよりも今は自分の想いを本人に知られた恥ずかしさで、自分の顔が真《ま》っ赤《か》に燃え上がりそうだった。

　ヴォイド様はそれは良いことを聞いたと嬉しそうにしているけれど、私はもう彼の方を見ることができなくなっていた。

「へぇ～？　普段のキミは滅多に想いを伝えてくれないのにねぇ。そんなにも私のことを愛してくれていたのかい？」

「そ、そんなことは……」

「手紙の端から端まで、ビッシリと書いてありました！」

「ふふ、そうか。ビッシリだったか」

「二人とも、もう許して……」

　ヴォイド様は今まで見たこともないほどに、口角をニヤ～と上げて笑っている。

　あぁ、穴があったら今すぐ入りたい。むしろこの場で墓穴を掘って、墓標を突き刺したい。

「嬉しいよ、シェリル。なおさらキミのことを手放すわけにはいかなくなった」

「良かったですね、母上！」

周囲でこちらの様子を窺っていた他の貴族たちも、含み笑いをしながら私たちに拍手を送っている。

これではもう、逃げ出すことも叶《かな》わなさそうだ。もう死ぬしかない。

「これからは三人で、新しい想い出をたくさん作ろう。悲しい過去を塗り替えられるぐらいに」

「……分かりました。でも手紙の件はもう忘れてください。家に帰ったら、すぐに燃やしますからね」

私はヴォイド様が差し出してくれていた右手をもう一度ギュッと握る。そして左手には勇敢な騎士の小さな手が繋がっている。

この日、私はめでたくも新たな家族を二人も手に入れたのであった。

◇

義兄の断罪劇から一か月が経《た》ち。ヴォイド様が入り婿という扱いで当代のラメル伯爵となり、私はラメル伯爵夫人に。グレイは養子という形で、正式に私たちの息子となった。

そして今日。ヴォイド様が陛下に進言した通り、私たちの結婚式が予定よりも早く行われることになった。

「……のは良いのだけれど。これはあまりにも盛大過ぎないかしら？」

憧《あこが》れのウェディングドレスを身にまとった私の目の前では今、ラメル伯爵家に起こった悲劇と愛の物語が演劇の題目として催されている。しかも式の会場として王城の広場が一般市民にまで開放され、その演劇が衆人環視の元に晒《さら》されているのだ！

――そう。結局、私の手紙を燃やすという願いは叶わなかった。

あの恥ずかしい手紙の束は私が処分するよりも早く二人によって回収された。それだけではなく、王都で最も著名な作家であるフォレスト男爵の手に渡ってしまった。それが一編の物語として編纂《へんさん》され、こうして演劇として世間の皆様に公表されている。生き恥とはまさにこのことである。

「そうかな？　私が今まで見た劇の中でも、一番の傑作だと思うけれど？」

「僕もこの物語が大好きです！」

「貴方たち……」

恥ずかしくて両手で顔面を覆う私を、愛する夫と息子はクスクスと笑い合う。まったく、血が繋がっていないというのにそっくりな父と子なんだから。

「あれ？　母上、泣いているのですか……？」

「ごめん、シェリル。ちょっと意地悪し過ぎちゃったかな？」

違う……違うのよ。

「お姉様たちはもう帰って来ないけれど、その代わりに新たな家族が傍にいてくれることが本当に嬉しいの」

「シェリル……」

「母上……」

まるで失ってしまった心の隙間《すきま》を埋めるように、二人は私を大切にしてくれている。だから私はこうして再び立ち上がることができている。感謝の気持ちでいっぱいなのだ。

「それはそれとして。ラメル伯爵家を継ぐ者として、今後は私がビシバシと叩き上げますからね？二人とも覚悟しておいてください！」

少しだけ赤く腫らした目を二人に向け、私はキッパリとそう言い放った。これまでみたいに、ただ護られるだけじゃ駄目。今度は私も一緒になって、三人で支え合っていくの。

ヴォイド様とグレイは一瞬だけ目を大きく見開くと、私の気持ちを察してくれたのか、すぐに顔をほころばせた。

——ありがとう、お姉様。私たちは新しい家族として、この家をしっかりと立て直してまいります。だから私たちのことを、どうか安心して見守っていてくださいね。

溺愛《できあい》担当の私と天才軍師様である夫の手によって、のちに立派なラメル伯爵家当主として成長したグレイ。彼は演劇となった本をいつまでも愛読し、その物語に影響を受けた孫たちがこの国で活躍することになるのだけれど……それはまた、別のお話。

IRIS NEO

『悲劇の元凶となる最強外道ラスボス女王は民の為に尽くします。』

著：天壱《てんいち》　イラスト：鈴ノ助

８歳で、乙女ゲームの極悪非道ラスボス女王プライドに転生していたと気づいた私。攻略対象者と戦うラスボスだから戦闘力は高いし、悪知恵働く優秀な頭脳に女王制の国の第一王女としての権力もあって最強。周囲を不幸にして、待ち受けるのは破滅の未来！……って、私死んだ方が良くない？　こうなったら、攻略対象の悲劇を防ぎ、権威やチート能力を駆使して皆を救います！　気づけば、周囲に物凄く愛されている悪役ラスボス女王の物語。